原国家建委大楼

↑济 南 1988.1.17

←镜泊湖 1990.5.19

九寨沟 1992.5.14

苏州 1992.10.28

石林 1993.8.13

大理 1993.8.15

庐山 1993.9.23

黄果树 1994.7.3

漠河 1994.11

溪口 1997.3.23

旅顺 1999.5

天山峡谷 1999.8

鼓浪屿 2009.3.29

通辽 2012.5.18

怀柔水长城 2015.5.31

天津一中 2020.10.20

北大燕南园 2023.6.13

全家去芬兰赫尔辛基 2005.8

意大利都灵 1997.10

瑞士苏黎世 2015.8.25

# 川岳足迹

CHUANYUE ZUJI

◎ 张曾祥 著

中央民族大学出版社
China Minzu University Press

### 图书在版编目（CIP）数据

川岳足迹 / 张曾祥著. —北京：中央民族大学出版社，2024.3
ISBN 978-7-5660-2361-2

Ⅰ.①川… Ⅱ.①张… Ⅲ.①随笔—作品集—中国—当代 Ⅳ.①I267.1

中国国家版本馆 CIP 数据核字（2024）第 051261 号

### 川岳足迹

| | |
|---|---|
| 著　　者 | 张曾祥 |
| 策划编辑 | 门泽琪 |
| 责任编辑 | 李苏幸 |
| 封面创意与供图 | 张曾祥 |
| 封面制作 | 布拉格 |
| 出版发行 | 中央民族大学出版社 |
| | 北京市海淀区中关村南大街 27 号　邮编：100081 |
| | 电　话：(010)68472815(发行部)　传真：(010)68932751(发行部) |
| | 　　　　(010)68932218(总编室)　　　　(010)68932447(办公室) |
| 经 销 者 | 全国各地新华书店 |
| 印 刷 厂 | 北京鑫宇图源印刷科技有限公司 |
| 开　　本 | 787×1092　1/16　印张：12.25 |
| 字　　数 | 111 千字 |
| 版　　次 | 2024 年 3 月第 1 版　2024 年 3 月第 1 次印刷 |
| 书　　号 | ISBN 978-7-5660-2361-2 |
| 定　　价 | 58.00 元 |

**版权所有　翻印必究**

# 序　言

　　由陈元同志题词的《金色年华》杂志为国家开发银行离退休干部提供了一个笔耕和思想、文化交流的平台。多年来，自己一直坚持撰稿并得到许多鼓励和帮助，不少文章已经编辑出版。2021年3月，该编辑部出书"离退休干部访谈录"向我约稿，自己颇受鼓舞；在完成交稿任务后，心情激动，遂唤起我对编辑出版第五本书《川岳足迹》的热情，总结自己人生路上学习、工作所到之处的足迹。"川岳"也是我"穿越"时空、穿越祖国神州大地的感受。

　　这些经历与内容包括：读研时的陕北黄土高原与河北坝上考察、在国家计委国土局的区域开发和规划（含借鉴国外）及卫星遥感应用、在国家林业投资公司时赴国有林区考察、在国家开发银行的项目评估和在京的总行机关注意设施建设，对两所大学的关注以及退休后旅游身临我国自然文化双遗产的览胜等。

　　回顾于光远同志对柴达木考察的许多精辟论述以及他对中原地区发展的关切，让我书写河南当今的成就。想起孙家栋院士和已故陈述彭院士在国土卫星应用方面给予自己的言传身教、曾主管开发银行外事工作的刘明康先生对我参加意大利都灵国际会议的支持、耳边回响着已故刘志雕局长介绍内蒙古大兴安岭林区项目时铿锵有力的话语……

我深切地体会到自己所学的自然地理专业在工作过程中的如鱼得水，也追念我国德高望重的博雅先贤、中科院竺可桢副院长（中国地理学会理事长），1972年，他82岁高龄，卧病医院、欣然受命主持编写《中国自然地理》专著，这部巨著让我绿茵荫蔽，受益终生。同时，也铭记北大陈传康教授对地理学野外考察的严格要求，养成自己每次考察都注重笔记，撰文依据的习惯。

因病，遗憾未能完成黄果树、敦煌、七彩云南三地见闻记录，影响全书的地域性，容后弥补。自己与民盟同龄，加入民盟催我进步，也使我陶醉在基层支部组织的郊野活动中。此外，感谢中央民族大学出版社对于我出书的支持。

张曾祥
2023年夏

# 目 录

## 一 一路向西

黄土情怀　　　　　　　　　　　　003
考察柴达木　　　　　　　　　　　010
南疆铁路与长绒棉调运　　　　　　017
写意南疆　　　　　　　　　　　　020

## 二 深入林区

绿色牵挂　　　　　　　　　　　　027
跻身北疆　　　　　　　　　　　　034
长白纪行　　　　　　　　　　　　041
走进伊春　　　　　　　　　　　　050
行走川西　　　　　　　　　　　　058

## 三 省市情怀

张家界记　　　　　　　　　　　　069
黄山之旅　　　　　　　　　　　　075

| 武夷览胜 | 081 |
| 广西记忆 | 087 |
| 认识坝上 | 093 |
| 北京怀柔行 | 098 |
| 河南礼赞 | 102 |

### 四　高校寄语

| 以史为鉴 | |
| ——河北大学百年顾念 | 109 |
| 走进燕南 | 115 |
| 燕大音乐 | 122 |

### 五　各地采风

| 对地观测卫星的中国之路 | 135 |
| 荷兰城市化报告摘要 | 144 |
| 古城都灵 | 153 |
| 建筑赏析 | 158 |
| 受益民盟 | 163 |
| 怀念作礼 | 167 |
| 欢聚美斋 | 168 |
| 赫尔辛基 | 169 |
| 抵达苏黎世 | 174 |

# 一

# 一路向西

- 黄土情怀
- 考察柴达木
- 南疆铁路与长绒棉调运
- 写意南疆

## 》》黄土情怀《《

1979年夏,正逢自己读研后的第一个暑期,在水利部黄河水利委员会的大力支持下,北京大学自然地理专业师生有机会到"委员会"下属的陕北绥德水土保持科学实验站进行教学实习与科研工作,并对水土流失严重的黄土高原丘陵沟壑区做重点踏勘、考察。而后,又对陕西省内甘泉至关中的黄土塬区做了综合考察。此行,由我的导师陈传康教授带队并有该专业10多位师生参加。行前,先由北大自然地理学教研室资深教授对那里的区域地理做了专门介绍,课下我们又查阅了刘东生院士的《黄河中游黄土》专著和一些科研文献,为此次考察做好了充分准备。

7月20日20:00,我们由北京站出发。正值入伏后第八天,午夜路经石家庄、井径时车厢内十分闷热,但并未削弱师生们对探索黄土学科的向往。休息后,到太原站换车,南下并沿汾河谷地行进,次日上午10:13在晋中介休下车,接待单位陕西绥德水保所专门派卡车前来迎接,十分周到。上午11:30开车,横跨吕梁山脉向陕北进发。山西是黄土高原的重要组成省份，旅途中切身体验到河谷富饶、山峦绿荫、郁闭并感受到千年黄土堆积的富饶的一面；而越过吕梁以西、临近陕晋峡谷地带则水土流失惊人、贫困、落后。下午18:00到达军渡后过吴堡黄河大桥，真正进入陕北黄土高原丘陵沟壑区，亲眼看见被切割得支离破碎的黄土地貌，感悟其治理艰难与责任重大，并唤起北大自然地理学师生的使命感。路经三十里铺镇后于晚上20:00抵达绥德驻地，实验站的工作人员让我们住进新建的窑洞，窑洞内摆放着崭新的被褥和从事工作所需的桌椅。我和自己的研究生同伴被安排到同一个窑洞，全新预备的被褥让我们如同新婚进入洞房，使我们感受到水土保持工作者的热情和辛苦。绥德水保实验站的前身是1952年9月建立的水土保持推广站，历史悠久，是担负陕北水土保持科研工作的骨干与攻关单位，它在神木、靖边设有分站（改革开放后，由于事业发展的需要于2005年搬迁到榆林市区）。

流经绥德的无定河发源于吴旗镇的百于山，内蒙古段叫红柳河，在该县南面邻县清涧注入黄河，也是榆林地区入黄输送粗沙的主要支流河段，并在绥德境内形成典型的黄土丘陵沟壑，具有明显的塬、梁、峁地貌特征。植被遭受破坏和夏季暴雨集中，带来巨量的外动力冲刷土壤，使之成为全国治理水土流失工作的重点。7月23日上午，实验站的科研人员向北大师生介绍了将要从事工作的无定河支流韭园沟段的自然地理状况并将此次研究重点圈定、集中在该沟流经的韭园沟乡的行政区内。韭园沟乡位于绥德县城以北5公里，全乡面积70多平方千米，包括22个自然村（其中两村在该沟流域以外），有60多条支沟，沟道密度、地面烈度和侵蚀模数都很大，水土流失极其严重。下午2：45出发，就近率先考察了韭园沟乡的辛店村；当天，适逢中伏第二天，归来吃晚饭时，骤降暴雨，让大家首次观看到天降外营力冲刷松散黄土的威严。7月24日上午，我们领取地形图和航空照片，以备外业工作；下午，考察无定河谷地，观察谷内浅沟、纹沟、切沟、冲沟等微地貌，并对不同地质时期的离石、马兰黄土分析、对比，随手书写笔记、绘制堆积黄土坡积物草图，了解水土流失的机理。7月26日全天考察韭园沟全境和与农业生产密切相关的阶地、河漫滩。7月28日上午，大家分成两个小组轮流交换作业，我们一组先到马连沟村并登上海拔1042米山顶观看周围明显的黄土崩状地貌。下午，再去折家硷村，登山观察其他黄土地貌类型。以后，连续进行野外工作，晚间回窑洞内业整理所收集的资料。外业艰苦，中午都须头顶烈日、不惧炎热行走在沟壑之间；经常在午间一两点野餐：当地农民还肩挑瓦罐为我们送来可口的绿豆小米粥和用发酵工艺腌制避暑的咸菜，朴实恩情伴以浓浓的乡土气息。7月29日后，又有北大研究植被与生态学的老师和科学院综考会的同行前来参加工作，充实了学科内容和技术力量。8月4日，在我们到达绥德两周后，基本完成了内业、外业的各项工作，形成科研成果的雏形。8月5日，根据自己研究生导师陈传康教授布置，着手撰写报告与制作附图，这些资料已辑入我的《资源开发与遥感信息论文集》一书出版。

8月7日，我们由绥德驻地出发前往米脂县参观高西沟水土保持先进单位。当时，出行能有大卡车就很知足，又放上几条长凳，更有客车之感。高西沟村采用工程与生物两项措施相结合的办法治理水土流失，坚实打造基本农田建设，确保农民口粮自给；同时发展林牧产业，开辟了水土流失地区经济发展的必由之路，这也与当时科学界开展的黄土高原发展战略大讨论的诸多专家的观点吻合。8月11日，我们又继续北上榆林，察看鱼河堡一带的半固定沙丘以及王家砭北面的沙丘，警觉到榆林及陕北地区所面临的沙漠化威胁，备感生态保护的当务之急。同时，还观看了昌汉界、红石峡附近的草甸和水利设施，那里的一些沙漠绿洲与地下蕴藏的优质水源揭示了干旱沙漠区的资源禀赋与美好前景。

黄河是水土流失的原动力，必须实时监测它的水文特征。适逢伏天汛期洪水威胁，8月13日我们火速赶往附近的吴堡水文站，观看黄河洪峰势如破竹、汹涌澎湃的壮观场面；水文工作者面对每秒四五千立方米流量的洪水无所畏惧、奋不顾身；测量人员舍身为公，将自己全身悬挂在流经陕、晋峡谷间悬崖峭壁处的钢索绳上，无惧水流湍急，英姿飒爽获取数据，感人至深，充分展现了黄河儿女可歌可泣的精神面貌。

8月14日上午，离开绥德，正式告别水土流失严重的陕北丘陵沟壑区。然后，经清涧、子长继续南下，穿越甘泉后便进入条件较好的黄土塬区。8月19日，下榻宜君，晚间在招待所会议室由陈传康教授主持会议，总结前一段时期的工作。陈先生对野外考察要求非常严格，意在培养学生结合卫星照片影像观察自然地理的南北经向变化，善于捕捉自然要素渐变的拐点。以往，沿途住宿每到一处，他都要抓紧利用晚间休整时间进行提问，考核所见，不准途中乘车随便聊天、无所事事，叮嘱随时观察、做好记录。就连当时年轻的讲师也都很注意，担心陈先生一问三不知。陈先生的治学理念让我们受益匪浅，几十年来我一直保持出差乘车观察记录的习惯，从而为自己的写作积累了素材。

此次工作接近尾声时，我们就前往关中、陕南，8月25日上午，抵达武功的中科院水土保持研究所并拜访了甘居西北小镇、毕生为水土保持事业献身的资深院士朱显谟教授；下午参观该所黄土高原土壤标本室，朱老亲自为北大师生详细讲解，他满怀信心地对我们说："按照我的办法治理水土流失，黄河一定可以变清，否则，我死不瞑目！"如今，黄土高原经过60多年的治理，至2015年，已由原来每年带走16亿吨泥沙减少为3亿吨。黄河逐渐变清了，而朱老却走了！享年102岁，这位德高望重的老专家于2017年10月11日安详离世。回忆当时，自己有幸陪同陈传康教授走进朱老办公室，仔细聆听他的真知灼见与谆谆教诲，终生难忘。今天，黄土高原的民众都铭记着他的丰功伟绩。

40多年来，我一直心系陕北不忘黄土情意。通过看新闻得知，2017年7月26日，一场特大暴雨使陕北绥德、子洲严重受灾；绥德县城内的10多座大桥漫水，旧城街道积水深达1米，万分焦急。而当看见传来军民奋战、食品供应充足与安居乐业的照片时，又深感喜悦和欣慰。

1979年暑期陕北黄土高原考察，再一次证明北大自然地理专业师生是一个充满友爱的集体，艰辛的野外考察使我与多位老师建立了深厚友谊，至今仍然保持往来和学术交流。现在，我还记忆犹新：当年8月12日，我们来到黄河岸边佳县考察时，徒步拍摄典型景观后览胜附近的悬崖峭壁，我们一行3位师生全力登上一座山体，三人紧缩、簇拥在一块面积不大的岩石面上，奋力抓拍远处的奇特岩峰和上面的古寺，为师生在黄河中游峻美的山河间留下永生难忘的记忆。考察中，我们亲如手足、相互帮助、彼此关爱、感情深厚。8月24日，在礼泉县北屯乡吃午饭，当时大家收入微薄，我就和另一位研究生共计花费八角钱合吃一盘炒鸡蛋；盛夏，科学院综考会的陈国南经常为我洗衣服并在途中对我百般照顾。前不久获悉，2019年1月，国南因小脑萎缩不幸去世并将自己遗体捐献给首都医科大学解剖实验室。由于他在中科院地理与资源研究所（综考会已并入该所）的勤奋与人品，单位领导和科研人员都为他追思、送行。1997年10月，我赴意大利参加学术会议归来，得知恩师陈传康教授去世的噩耗，恕未参加追悼！遂加倍笔耕以念先生治学有方、循循善诱。黄土高原留有北大人的足迹，珍爱黄土，根治水土流失。今天，北大城市与环境学院和其他学科后继有人，必将再创佳绩。

# 川岳足迹

## >>> 考察柴达木 <<<

1983年8月，由于光远同志和徐青部长率领、中国国土经济学研究会组团，对柴达木盆地进行综合考察；成员包括中央有关部委的负责同志、专家和几位中科院院士。因工作关系，自己有幸参加并随团学习、开阔眼界。盆地地处青海湖以西，行政区划属海西蒙古族藏族自治州，首府德令哈市。柴达木位于青藏高原东北部，为中、新生代的大型断陷盆地，其周围分别被昆仑山、阿尔金山和祁连山环绕，构成了一个向心汇水的不规则菱形盆地；高海拔与极端干旱，使盆地自然景观独特，不仅资源多样，而且还拥有国内少有的一些金属矿藏和钾盐等，许多农牧产品也在市场驰名。

由青海省会西宁出发进入柴达木必先翻越日月山，其山体属于祁连山的一个分支，长约90公里，平均海拔4000米左右，通行山口3520米；历史上就是中原通往西藏的要冲和必经之路。北魏（公元420年），僧人就曾经此西行取经；以后，文成公主和亲与松赞干布联姻，又在这里留下美好记忆：她怀揣日月宝镜回望长安，心系重任。后人为表达纪念，将原名的"赤岭"更名为"日月"。公主功不可没并感动倒淌水河由东向西注入青海湖，随之，也开通唐蕃古道；时至清代，又有班禅大师进京在海西香日德寺设行辕，成为藏传佛教高层往返京藏下榻的首选。漫漫古道见证了茶马互市、民族融合与国泰民安。柴达木历史久远，在盆地内条件较好的都兰、乌兰和德令哈等县市，皆有多处历史古迹遗存，其考古发现已相当于中原青铜器晚期，并有两处列入全国重点文物保护单位。盆地周围峻岭中还发现许多岩画，再现先民西羌、吐谷浑、吐蕃等的狩猎、放牧活动，真实反映早期人类拓荒、生活、生产情景，既是珍贵的艺术创作也是难得的学术研究史料。

"柴达木"是蒙古语的"盐泽"之意。盆地内湖泊、湿地、滩地、沼泽众多；盆地外围山系岩石风化溶滤汇入，西部第三系上新统含盐岩系的侵蚀流失及古湖泊或深部埋藏的古卤水与油田水，促使盐类向水域聚集；致使全盆33个湖泊中，盐湖多达25个，以钾、镁盐为主，加之地下冻土层有利于盐分保存（德令哈西南的库尔雷克湖受祁连山麓河流与其他因素影响，水域多含氯化钠，析出后还可供当地群众做食盐日用）。又因处于湖泊演化后期，在干旱、蒸发性强的条件下，湖泊中卤水便成为富含钾、镁的液体矿床。依照盆地内次一级地质构造，从西南方茫崖经盆腹地向东北祁连山脉形成倾斜平行的3个盐湖分布带，受沼泽化及湖面无水演化阶段末期影响，也出现了大面积盐化沼泽与干盐滩。因此，柴达木盐湖与湖滨地带就成为我国钾、镁盐矿资源的富集区；其中，探明钾盐储量可占全国的80%，潜力巨大。然而，我国既是农业大国也是贫钾大国，钾肥供不应求。而且，像察尔汗、马海、西台吉乃尔等盐湖所含钾盐又多属低品位（平均品位仅1.25%）。同时，我国提取钾盐，大都利用其矿体钾石盐、光卤石的可溶性，采用浸泡式溶解转化，技术复杂，几乎无法与邻近小国老挝中部的固体钾盐矿相比，必须攻克难关。因此，根据国情和柴达木盐湖资源重要性，急需创新驱动，探索进取，确保钾肥供应，争取农业丰收，这是事关国家粮食安全的一件大事。令人欣慰的是，盆地中部一里坪干盐滩，东、西台吉乃尔和察尔汗盐湖别勒滩区蕴藏丰富的锂资源，其储量可占我国卤水锂资源总量的80%，战略地位十分重要。

  盆地北缘西段是我国有色金属铅锌的聚集区，成矿条件好，矿产资源丰富。锡铁山为一座超大型铅锌矿床，自20世纪50年代开采至今，地质工作程度较高，已探明矿石储量超过1000万吨，铅与锌的金属总量已分别超过58万吨和15万吨。近些年，又在此成矿带附近的滩涧山地区发现了金龙沟、青龙山、红柳沟、野骆驼沟和细晶沟、青龙滩等大中型金矿床，共探明金矿储量约为135吨，为增加国家黄金储备再添新军。盆地北缘东段也有稀有金属锂、铍、铌、钽等矿床，十分珍贵。未来，柴达木盆地将成为我国许多重要金属矿藏资源的接替基地。

源自盆地边缘的内陆河向中心聚集并在山前、尾闾与河流两岸形成细土平地、绿洲非常适宜发展灌溉农业。科技引领的绿洲农业已使柴达木的粮食种植实现飞跃，在保障习惯、传统的青稞种植后，又创造了春小麦高产纪录，享誉中外。藜麦为低产作物，但具备价格优势，已经成为农村致富的捷径。充分利用太阳能，大力发展塑料大棚种植蔬菜，成果显著，柴达木已经成为保障"米袋子"和"菜篮子"的主力军。此外，这里也是春播、秋收一年生油菜籽的主产区，光照优势适宜菜籽脂肪的形成与积累并有都兰县等著名产区；油菜花盛开也是一道亮丽的风景线，可兼顾发展旅游观光业。柴达木盆地发展绿洲农业潜力巨大，应进一步开发土地资源，利用宜农耕地，杜绝大面积撂荒，集约耕种，防止次生盐渍化，从而开辟科技农业的新纪元。

柴达木远离工业污染，是世界著名的"超净区"，地域广袤，日照时间充分。特产的枸杞色红粒大、籽少肉厚、大小均匀、无碎果、无霉变、无杂质，有利于发展健康产业。现在，枸杞年产量在10万吨上下，种植面积达3.5万公顷，已占整个盆地作物耕种面积的60%，可与宁夏枸杞媲美，盆地内还出产黑果枸杞精品。都兰县诺木洪农场、德令哈市怀头他拉镇、柯鲁柯镇和格尔木市大格勒乡均为枸杞的著名产地。广阔的高寒草甸草原和温带草原是牦牛、黄牛和羊群放牧的绿色家园，其肉质鲜美、清香，为不可多得的美食佳肴。现在，柴达木有不少农牧产品已有国家地理标志。

柴达木拥有自己的生态系统与生物多样性，盐湖附近生长着许多盐生植物，如芦苇、赖草、海韭菜、洽草、盐地凤毛菊等。在湖泊或淡水水域也有水禽栖息，有赤麻鸭、斑头雁、灰雁、赤麻鸭、棕头鸥、渔鸥、黑颈鹤和迁徙的灰鹤、蓑羽鹤等，现又建立了湿地公园。在高寒草甸草原上，多有蒿草、苔草、酸模、火绒草、委陵菜和珠芽蓼、圆穗蓼等植物。在温带草原上有蒿、针茅、冰草与早熟禾、芨芨草等植物。一些牧区还可见到黄扫藁吾、密花香薷、鹅绒委陵菜、马先蒿等，草本植物资源丰富，有利于畜牧业的发展。

柴达木盆地内分布有海拔较高的沙漠（2500—3000米），面积不大与盐湖相间分布，沙漠被盐湖和盐滩分隔破碎，也不连片。主要集中于西南祁曼塔格山和沙松乌拉山北麓，风蚀作用在冷湖镇以西形成明显的雅丹地貌；在北部花海子和东部铁圭也有少量沙漠分布，增添了沙生植被的生存空间。在山麓前缘地下水位较高的地带，有多枝柽柳（红柳）、梭梭、疏叶骆驼刺、沙拐枣、花花柴等沙生植被生长并形成固定和半固定灌丛沙堆。得益于大自然的恩赐，在德令哈西南、柴达木河上游还有一片方圆3万平方公里的梭梭自然保护区，植物种类繁多，成为抗争干旱与沙化的先锋并有野驴、岩羊、鹅喉羚等动物共存，集生态、观光与科研于一体。

　　骆驼是柴达木沙漠的重要成员，称为"沙漠之舟"，其双驼峰可储存来自骆驼刺、梭梭和大量耐干旱、盐碱植物的养分，生存顽强；耳鼻眼都具防沙功能，风沙弥漫时能看得见、听得到并依其巨大肉质软蹄在沙漠中行走自如。骆驼宝贵，乳、绒、肉价值极高。骆驼原绒轻柔松软，是发展高档毛纺织品的重要原料；柴达木盆地本土骆驼所产驼毛（绒），毛色杏黄，绒多质好，光泽艳丽，是公认的难得的珍品。都兰、乌兰两县和格尔木市拥有骆驼约2.5万余峰，年产驼毛（绒）可达5.88万公斤，经济效益显著并有国内著名的莫河骆驼场，享誉内外。

　　骆驼也是柴达木的功臣，20世纪50年代，著名的慕生忠将军曾组建骆驼运输队并带领众多驮工为和平解放西藏先行，而后又为修筑青藏公路效力；彭德怀元帅肯定他的革命精神并于1958年10月亲临柴达木视察，为中央加强青藏工作做出表率。

　　1983年8月对柴达木盆地国土资源的踏勘，正好与当年胡耀邦同志考察大西北同步，沿途还能不断领会老一辈无产阶级革命家有关开发西部的许多宏伟设想和精辟论述，至今受益无穷。

**参考资料**

　　1. 中国科学院《中国自然地理》编辑委员会：《中国自然地理、地貌》，科学出版社，1980年11月

2. 张红等：《中国分省系列地图册·青海》，中国地图出版社，2020年1月

3. 王兴富等：《柴达木低品位固体钾矿溶解转化率与品位关系》，《盐湖研究》2020年，第3期

4. 陈帅等：《柴达木盆地中部高 Mg／Li 盐湖卤水富镁物源探讨》，《盐湖研究》2020年，第1期

5. 余冬梅等：《柴达木盆地尕斯库勒湖区盐生植物改良土壤盐渍化效应及其贡献评价》，《盐湖研究》2020年，第4期

6. 魏海成：《青海湖盆地畜牧活动起源与历史探究——以江西沟2号遗址为例》，《盐湖研究》2020年，第4期

7. 陈奥等：《台吉乃尔湖景观格局变化遥感分析》，《盐湖研究》2020年，第1期

8. 余建荣等：《老挝固体钾盐选矿设计的优化与创新》，《盐湖研究》2019年，第4期

9. 李善平等：《柴北缘地区印支期构造背景、岩浆活动及稀有金属成矿作用》，《盐湖研究》2020年，第4期

10. 安生婷等：《青海柴北缘滩间山地区金龙沟金矿成矿模式总结与找矿前景分析》，《西北地质》2020年，第4期

11. 郑作新等：《世界鸟类名称》，科学出版社，2002年6月

12. 刘圣君：《浅谈柴达木骆驼及驼毛（绒）品质》，《纤维标准与检验》，1993年，第3期

14. 潘雪丽、刘芳：《柴达木枸杞产业发展研究》，《柴达木开发研究》，2020年，第3期

15. 辛元戎，慕生忠：《一位将军的哲学》，《柴达木开发研究》，2020年，第3期

16. 周长龄：《回忆彭德怀副总理视察柴达木》，《柴达木开发研究》，2020年，第4期

17.《柴达木盐沼群》，《中国国家地理》2019，No.11

## >>> 南疆铁路与长绒棉调运 <<<

为加快新疆长绒棉外运，1998年9月和1999年8月，我曾两次沿南疆铁路考察、评估运输配套设施建设。南疆铁路沿塔里木盆地北缘，东起吐鲁番市，西至边陲喀什市，全长1446.37公里，是连通南疆4个地州的黄金通道；有利加速开发油气资源和长绒棉生产基地建成并造福边疆各族人民。她大致与古"丝绸之路"中线吻合并在当今"一带一路"中发挥着重要作用。铁路东段的一期工程已于1984年建成运营，二期由库尔勒至喀什段于1996年7月启动，是国家开发银行创建初期支援西部的重点项目。

南疆铁路沿线地质、地貌和气候条件十分复杂，既有45度高温的戈壁沙漠，也有零下30—40度的冰大坂；险要山口的常年强风可达7—8级，全线一半以上地段穿行天山峡谷，需修建隧道30座，架设桥梁463座，隧道总长度达到33公里。由于昼夜温差，基岩无植被的裸露，物理风化经常诱发崩塌。而且，沿线滑坡、泥石流多发。在盐渍土路基上，病害严重，轨道下沉、变形，严重影响行车安全。修建前，设计人员曾艰苦地收集动态流沙的科学数据，掌握流动沙丘的活动规律，总结输沙率，制定防沙治沙措施。在戈壁、沙漠上建成南疆铁路为当今世界上的一大创举。

南疆地区日照充分，年积温丰富，昼夜温差明显，极为适宜长绒棉生长；经过我们对原产地南美海岛棉的逐步引进和国内科研工作者的不断培育、研发，现有优良品种已居国际前列。长绒棉的纤维长度已达38—39.7毫米，柔长、洁白、光泽，弹性良好，成为国内外高纱支纺织品原料来源的佳选。随着知青入疆和新疆生产建设兵团的屯垦戍边，又为长绒棉生产增添了活力；如今，东西连绵、迷人耀眼的银白色棉花带见证了新疆维吾尔自治区农民和生产建设兵团战士的丰功伟绩。接待我们的首批上海知青，现已经成为棉麻公司的领导，两次陪同我们考察的二代知青，年富力强，已是棉花生产管理的业务骨干。

在考察评估的1998—1999年间，全疆棉花产量3000万担（100斤为一担，每吨20担），北疆（石河子、奎屯等）、南疆（喀什、克孜勒苏柯尔克孜自治州和阿克苏）与生产建设兵团的产量各占1/3。铁路给棉花运输带来便利：原来公路运费0.33元/吨公里，现在铁路运费0.12元/吨公里。此行，开发银行投资的项目是在原有乌鲁木齐北、大河沿、库尔勒、博乐和奎屯5个棉花站库的基础上新建南疆阿克苏、巴楚两库，达到共计7个站库的规模，充实长绒棉产业布局。由于20世纪60年代国家经济落后，财力不足，原先5库现状陈旧、落后，已不适应改革开放的飞速发展；新项目必须有利仓储、装卸、调运所需，充分反映现代物流及其拓展的需要。

另外，补建铁路支线或专用线，衔接干线车站，线路两侧平行修筑站台、加宽面积，形成台、路凹字形建造，充分利用空间，节约土地、预留货场。按照最新国家标准，架设 8—10 米高的顶棚，承重型钢龙骨，覆盖轻型钢板并拉紧辅助钢丝绳索，预防大风袭击。整合资源，统筹大宗、零担运输，改变老旧传统模式与考核指标，连贯包装、库存、搬移、货运通行无阻的供给链，实现仓储、装卸系统的联运化与自动化。配套库舍，备用储水和避雷装置，禁烟、消防灭火。

两次出差新疆深感民族团结的情谊，区棉麻公司经理马木提·尼亚兹是 20 世纪 60 年代培养出的维吾尔族干部，精通业务，恪守党的民族政策，热情好客。走进喀什色满宾馆（沙俄觊觎我国新疆于 1890 年设领事馆的旧址），维吾尔族姑娘遵从礼仪，端水盆供来客洗手。路过托克逊县，回族兄弟为我们精制羊肉拌面，经巴伦台镇到后峡，在天山下的哈萨克族毡房前，年轻的姑娘们与我们翩翩起舞，热情奔放。回念南疆，自己也为本单位的投资项目取得成功而感到自豪。

## 写意南疆

东西横亘的天山山脉将祖国西北的新疆分为北疆和南疆。南疆热量丰富，按照中国气候区划，它与我国东部黄淮海地区同属暖温带，分别为亚湿润和极干旱的两种类型。南疆景色多样，有内陆河流、湖泊、林草植被；地质地貌复杂，高山、峡谷、雪山、冰川、戈壁、沙漠、绿洲、雅丹地貌，展示出自然地理的绚丽多彩。作为南疆大地构造地貌单元主体的塔里木盆地，被天山、帕米尔、昆仑、阿尔金等山沿马蹄形环抱；又在山麓与盆地边缘地带形成堆积砂砾石戈壁、细土平地或绿洲的环形结构，形成一条绿色走廊，早已成为古代丝绸之路中道和南道的必经之路，既肩负今天"一带一路"的重任，又为盆地内干旱无雨却富含油气资源的无垠大漠提供坚实的后勤保障，从而奠定了区域综合开发的基础。

南疆虽地处内陆，但周围高山能拦截、获取西部与北部洋面带来的大量水汽，冰川、积雪为南疆储备了水资源，冰雪融化和部分泉水、雨水聚集径流形成的叶尔羌河、喀什噶尔河、阿克苏河及和田河、车尔臣河等，在叶城和莎车、巴楚、阿克苏、库尔勒以及且末、和田等地形成冲积扇和绿洲，宜居，农牧劳作，为聚落、城镇所依托。进而，诸河依地势汇集，形成国内最大的内陆塔里木河，美丽、奇观；加之埋藏深层的地下水资源，滋润、灌溉盆地北、南边缘绿洲的富饶土地，成为干旱地区的生命之源。"沙漠卫士"胡杨（Populus euphratica）以顽强的生命力与多枝柽柳〔（红柳）Tamarix ramosissima〕、梭梭（Haloxylon ammodendron）、疏叶骆驼刺（Alhagi sparsifolia）、沙拐枣（Calligonum mongolicum）、花花柴（Karelinia caspia）、芨芨草（Achnatherum splendens）等，构成乔、灌、草紧密结合的生态屏障，抵御了荒漠化的蔓延，所构筑的绿色长廊便成为南疆地区的人间天堂。由于风沙和地震灾害的影响，南部昆仑、阿尔金山北麓又与北部天山南麓存在地域分异。

天山重要山峰垂直分布着针阔叶林树种并与珍稀动物共建自然保护区。天山南麓有古丝绸之路中道通途，沿线绿洲富饶、坦途通达，自汉唐联系西域，亘古史迹，各民族聚族而居，村落古朴，城郭坚固，街巷幽静，和谐共融，安居乐业。古路中道，保存有多处全国重点文物保护单位，为旅游热线。龟兹古城位于库车西约2公里，班超、贞观时代就已设都护府管理西域并形成以库车绿洲为中心的龟兹国，盛世辖区至轮台、库车、沙雅、拜城、阿克苏、新和六个县市，并于乾隆二十三年并入清朝版图；克孜尔尕哈石窟开凿久远，招提僧坊，诵经禅修；佛雕精工，壁画华美，艺术珍贵；罕见烽燧高耸、层层夯筑，见证戎马卫戍。氏族墓群，宏大有序，出土文物，考古谱系。巴楚县东北古城依山而建，现存残垣布满山巅，经山腰直至山根并有城门遗迹。库尔勒古城屹立平川，城垣架构依稀可见，出土陶片追昔以往的通都大邑。几处铁、铜冶炼遗存，仍保留着中原工艺。驿站、馆舍遗迹反映出商旅繁忙与政令通畅。艾提尕尔清真寺和巴伦台镇藏传佛教格鲁派寺庙建筑群，传承了维吾尔、蒙古等少数民族的信仰与虔诚。

  昆仑山几座高峰吸引了登山者攀登，阿尔金山自然保护区内动植物种类繁多，附近野骆驼堪称"瀚海珍兽"。两山北麓景观与古丝绸之路中道相仿并使若羌、和田等城镇联手成为古丝绸之路南道上的明灯，沿途古迹繁多，人文底蕴深厚，步履车流，览胜如特产玉石般碧绿明亮。盆地南北两条古道已经成为今天"一带一路"倡议关注的热点。

  绿洲土壤肥沃，年积温达 3400—4500 度，极宜农作物生长，也是瓜果丰硕的乐园。南疆适宜长绒棉生长，经中国农科院棉花研究所（在河南安阳）和国家首个研发中心（在阿克苏地区的阿瓦提县）的努力，我国长绒棉生产已在国际上处于举足轻重的地位。由于各族农民的辛勤耕耘和屯垦戍边、知识青年的无私奉献，已使长绒棉种植纬度向北移动了 5 度并将全国播种面积提高了 10 倍。新疆生产建设兵团是带动自治区经济发展的主力军，著名的农二师部署在"华夏第一州"的南疆巴音郭楞蒙古自治州（48万平方公里），总部设在库尔勒，二师所辖国土面积74万公顷，农区56万公顷，也是长绒棉生产的龙头企业。同时，它背靠美丽的博斯腾湖并临近美丽的巴音布鲁克草原，牛羊成群，天鹅舞跃。

南疆塔里木盆地内有我国最大的塔克拉玛干沙漠，它是世界重要沙漠之一。以流动沙丘为主，沙丘高伏，形态为垄状复合型沙丘链、纵向沙垄以及鱼鳞、金字塔、穹状沙丘等。在西北和东北两大风系作用下，会对南部昆仑山北麓山前平原造成威胁，成为盆地风沙危害的严重地区。但在沙漠边缘与内陆湖沿岸，可以分布有固定和半固定柽柳灌丛沙堆。盆地东部罗布泊洼地风蚀地貌明显，形成土墩与凹地，两者相间成"雅丹"地貌并联袂楼兰古城。从古至今，中外旅行家、探险家和地理学家都以顽强意志和不屈不挠的精神去探索沙漠的奥秘；20世纪50—60年代，李连捷、周立三以及施雅风、朱震达等院士也身先士卒。以后，踏着先行者的足迹，中科院又于1987年9月上旬派出首批6人进入沙漠腹地；随之，就开始了历时4年的科学考察，汇集13个单位的上百名科研人员，成果卓著。科考发现的大量生物种群证明其并非"死亡之海"。同时，地质钻探捷报频传，沙漠储备巨大油气资源，分别占到全国储量的1/6和1/4，均衡了国家能源布局。

为运输长绒棉、农副产品和油气资源，现已建成南疆铁路，实现了孙中山先生早期《建国方略》设想，满足急需地方铁路的渴望，也打消了必须聘请欧洲专家的迷茫，穿越崇山峻岭并在戈壁、沙漠上建成交通大动脉这一创举，举世无双！

南疆各民族人民繁衍生息、长期友好相处，已为中华民族绘制了一幅美好动人的画卷。今天，她朝气蓬勃，勇往直前，继续书写着"一带一路"的新篇章。

## 参考资料

1. 葛雅莉：《从清代〈甘新驿道旅程抄本〉看古代驿站的功能》，《丝绸之路》，2012年，第8期

2. 国家文物事业管理局：《中国名胜词典》，上海辞书出版社，1981年10月

3. 周绍组等：《中国新疆名胜古迹》，新疆青少年出版社，1996年7月

4. 国家文物局、中国文物报社：《中华文明遗迹通览》，上海古籍出版社，2002年8月

5. 胡阿祥、彭安玉：《中国地理大发现》，山东画报出版社，2004年1月

6. 中国科学院南京地理与湖泊研究所：《一代地理学的宗师 科学工作者的楷模——纪念周立三院士诞辰一百周年》，科学出版社，2010年10月

7. 范琳杰等：《极端干旱区花花柴（$Karelinia\ caspia$）和胡杨（$Populus\ euphratica$）叶凋落物分解和养分释放特征》，《干旱区研究》，2021，No.2

8. 中国科学院《中国自然地理》编辑委员会：《中国自然地理（地貌）》，科学出版社，1980年11月

# 二

# 深入林区

绿色牵挂
跻身北疆
长白纪行
走进伊春
行走川西

## 绿色牵挂

内蒙古大兴安岭拥有面积广阔的森林资源，面积很大，位居全国之首，被誉为祖国的"绿色宝库"。同时，她也是重点国有林区，承担着国家木材生产的重要使命。20世纪90年代，自己曾有机会3次到那里调研，评估项目、了解资源、探寻生态环境；退休后，虽年事已高，但仍回念林海、时常挂牵。

内蒙古大兴安岭南北696公里，东西384公里，地跨行政区主要在呼伦贝尔市（包括根河市、额尔古纳市，其中的牙克石市为林区领导与管理单位所在地）和兴安盟（包括阿尔山市），使其成为呼伦贝尔草原的依托和松嫩平原的生态屏障。山峦地质构造呈北北东走向，主脉两侧不对称，西部平缓，东侧较陡，隆起于我国宏观地貌第二级台阶边缘，恰好侧向东部海域、迎接季风水汽。山脉海拔1100—1400米，西侧相对高程600米，山势平缓，为森林生长提供了得天独厚的生境。

按照中国植物区系分区，其森林植被属于寒温带明亮针叶林，地处西伯利亚泰加林南缘，建群种林木为兴安落叶松、樟子松、兴安白桦、黑桦、山杨、蒙古栎，伴以灌木蓝荆子、榛子、喇叭茶、越橘以及岩高兰、念珠南芥、布袋兰等特征植物。优势树种的兴安落叶松，冬季落叶，不同于伊春小兴安岭温带针叶林中红松不落叶、林间暗淡，所以称为"明亮"。广袤林区，夏季树木葱郁，光线幽暗；冬季光影交错，明媚爽朗。地下深厚的永冻层使落叶松主根难以垂直向下，但使其侧根发达；所以，如遇雨水、河水浸泡或强风吹动，容易造成树木倾倒；群落内枝干搭依、错落，灌草簇拥，演绎植物王国的自然景观，连同众多珍稀动物与飞禽，展现出生物多样性的美好画卷。

## 历经坎坷

　　由于缺乏生态保护意识，历经几十年来的连续过量采伐，内蒙古国有林区的原始森林资源破坏严重，与20世纪50年代初期相比，它的用材林和过熟林面积减少了140多万公顷，森林蓄积量减少了近2亿立方米，下降幅度高达46%。木材生产能力持续下降，森林结构不合理，林分密度失调，径阶降低。原生植被经多次高强度人为干扰后形成的林分结构不完整，使得林区长期陷入可采资源危机、森工企业危困、职工生活危难的"三危"困境。1994年10月，我与同事前往该林区的牙克石林业管理局回收资金，耳闻目睹、境况堪忧。

　　森工产业落后，设备陈旧、老化，能源短缺，牙克石栲胶与木材加工联合厂仍然使用20世纪50年代民主德国（东德）生产的自备电站。阿尔山林业局则使用"二战"时期捷克出品的列车发电机（颇有怀旧、博物之感）。受利益驱动，竞相上马制材厂，但大多加工小径级木材，出材率极低；因无干燥设备，成品木板沉重，运输困难；而且，积压大量锯末不会综合利用。企业长期亏损，步履艰难；一些林业局已8个月甚至长达一年不发工资，整个林区欠发工资总计高达1.6亿元。中央文件指出："森林资源过度开发，民生问题较为突出，严重制约了生态安全保障能力。"在早期开发的林相好、易采伐地段形成了一批"小老穷局"（小局、老局、穷局），如库都尔、伊图里河等林业局，都在艰难度日。

但是，林业系统并未退却，而是迎难而上。牙克石在满族语言中意为"要塞""城堡"，作为森工企业的核心城市，它坚强引领群众共渡难关，无愧使命，勇于担当。当年，作为建设社会主义新林区试点单位的阿尔山林业局始终避危兴林，奋力走在前面：他们利用林场的边角料生产筷子、牙签、火柴杆、雪糕棒、马桶圈、盖、木衣架、地板块等；而且，发展湖面养殖，开辟温泉浴池，出售石材，努力增加收入，全力走出困境，同时还创造出生产高质量锯材并获得国家免检的优异成绩：为第一汽车制造厂生产载重卡车后车厢配套，彰显企业形象。林区各局面对资源枯竭和材质低劣的现状，鼎力发展林产工业，分别建起绰源、克一河细木工板厂，根河、绰尔刨花板厂，得耳布尔纤维板厂，并生产木片作为造纸原料。此外，还把希望寄托在萨吉气、绰源、伊尔施等新林场的开辟上，砍伐剩余资源。但由于"靠山吃饭""木头财政"思想的根深蒂固，惯性思维和缺乏内生性保护意识，仍使林区面貌没有得到根本改变。

## 英明决策

面对资源枯竭与环境恶化的困境，1998年，国家开始启动天然林资源保护工程，简称"天保工程"，有计划地停止森林采伐、变砍伐为营林。2000年10月，国务院批准了《东北、内蒙古等重点国有林区天然林资源保护实施方案》，2015年2月中共中央、国务院印发《国有林区改革指导意见》（中发〔2015〕6号）。中央的英明决策标志着我国林业开始进入以生态建设为主的新阶段，开始步入生态保护和经济发展并行的轨道。为此，1998—2017年，国家投入专项资金3313.55亿元帮助森工企业，同时补发长期拖欠的巨额林区职工工资并多次调增林业在岗职工月平均工资；此后，林业职工收入将主要来自"天保工程"的中央财政投入资金，确保生活温饱。逐步实现保护森林、充分挖掘林区其他非木质林产品价值，多种经营，增加收入，实现以提供生态产品与服务为主的发展模式，明确国有林区为国家重要生态功能区的主体地位和目标导向。

## 生态修复

国家提倡着力提高森林质量，坚持保护优先、自然修复为主的方针，从而开始加大了生态修复力度。2019年7月，中办、国办印发《天然林保护修复制度方案》，林区面貌出现好转；森林质量持续下降的趋势得到有效遏制，资源状况开始回升，天然乔木林平均郁闭度和胸径明显提高，长势喜人。虽然大径或特大径组林木比例偏小，但中、小径组林木面积已占主导，树高蹿天，挺拔茁壮；天然更新、科学自然繁衍，利用林木自身的繁殖能力，通过天然下种或萌蘖，逐步形成新一代森林。目前，国有林区的天然林仍以次生林为主，但依靠天然更新较好的乔木林已达到近90%。而且，森林群落结构中的乔木、下木、地被的三层次自然组合也日趋完整。同时，人工造林成效显著。今后，将进一步防止由于落叶松弱点所造成的雪压、风折损失，增强森林功能仍有提升空间。

## 国家公园

2019年6月，中共中央办公厅和国务院办公厅印发《关于建立以国家公园为主体的自然保护地体系的指导意见》，为林区发展指明了方向。此后，大兴安岭林区相继建成了3个自然保护区、9处森林公园和12个湿地公园，以突显林区的生态功能。

## 阿尔山

该局森林覆盖率80%，分布有火山熔岩地貌和鹿鸣、松叶、杜鹃熔岩堰塞湖以及驼峰岭火山口天池等。另有矿泉与温泉群，石塘林与堰松，景观独特，现已成为国家森林公园和国家地质公园，具备国家5A旅游景区信誉，同时也是"全国科普教育基地"。另外，在鄂温克族自治旗南端红花尔基镇境内，还有樟子松国家森林公园（距海拉尔120公里），也是学习植物地理学的课堂。

## 汗　马

为鄂温克语"大河源头"，即大兴安岭激流河的源头，位于根河市偏东北的金河林业局境内，现为国家级自然保护区。2015年6月，联合国教科文组织将它及其比邻区域指定为世界生物圈保护区；2017年被正式列入《国际湿地名录》。另外，大兴安岭的额尔古纳与毕拉河亦属于国家级自然保护区。

## 古村落

大兴安岭西北部奇乾、乌玛、永安山三地是一片未经开发的原始森林，面积130多万公顷，木材蓄积量100多万立方米。奇乾于2013年8月被国家住建、财政、文化三个部列入第二批"中国传统村落"保护名录（建村 [2014] 106号），位于中俄边界的额尔古纳河右岸，现存 30 余栋木刻楞房屋，保存完好并有多处土穴居，体现过去当地民族的生活以及俄罗斯人过河淘金的历史。

## 气候变化

二氧化碳产生的温室效应导致气候变化，其排放造成全球变暖潜能 GWP，森林生态系统是全球碳循环过程的重要参与者，又是地球陆地上最大的生态系统，它维持着地表 86% 的植物碳库源汇，其作用直接影响温室气体的吸收与释放。根据我国 2019 年林业应对气候变化政策与行动"白皮书"计划，在内蒙古呼伦贝尔沙地建造 2 个百万亩防护林基地（呼伦贝尔沙地系指 20 世纪 50 年代苏联援华修建铁路时，呼伦湖至海拉尔西郊的大片樟子松被砍伐殆尽，导致次生沙漠化）。内蒙古大兴安岭拥有全国最大的天然林面积，每年具备 1600 多万立方米的森林生长量，她对履行我国政府 2020 年森林蓄积量增长 13 亿立方米、减少温室气体排放 40%—45% 的国际应对气候变化承诺具有重要意义。

## >>> 跻身北疆 <<<

1994年深秋,我从北京(北纬39度56分)动身,奔赴祖国最北端的边陲小镇漠河(北纬53.5度),跨越3个气候带(暖温带、温带、寒温带),沿经线方向向北至少跨越了13个纬度,跻身北疆,调研黑龙江大兴安岭林区的资源禀赋和区位优势,以利绘制发展蓝图;览胜绿色神奇,感悟净土广阔迷人、山河秀美绵延。

黑龙江大兴安岭地区行政范畴包括漠河一个县级市和呼玛、塔河两县,而其地区行政公署所在地却设在内蒙古自治区鄂伦春自治旗的加格达奇,成为我国行政区划中的一个特例;追溯历史,大兴安岭林区地跨内蒙古与黑龙江两省区,1960年,国家组织联合开发,总指挥部设在加格达奇;因职工主要来自黑龙江省并且该省又对加格达奇市政建设注入了财力,也因1970年内蒙古东北部曾一度划归黑龙江省管辖,最终裁定,加格达奇连同毗邻的松岭区(总面积占黑龙江大兴安岭行政区的21.9%),地权归黑龙江。这样,既照顾了内蒙古的利益，也兼顾了黑龙江大兴安岭林区管理的地域连续性。

行政中心加格达奇是鄂伦春族语的"樟子松生长的地方"。市内北郊山峦东西横亘，起伏平缓，森林茂密，成为林区资源的缩影；依托山麓的北山森林公园，风景如画，建筑与园艺风格清秀典雅，突显林区特色。登山鸟瞰市区，放飞心情，清新宜人。公园内矗立一雄伟纪念碑，铭记20世纪60年代铁道兵三、六、九师进驻大兴安岭并成为开发林业资源的先锋，他们逢山开路、遇水架桥、风餐露宿，用热血和汗水，书写共和国林业史的壮丽篇章，也成为后续职工继往开来的楷模。

漠河（政府所在地西林吉镇）地处祖国地图轮廓的"金鸡之冠"，纬度最高，位置独特，既可享受夏至不夜城，又能渡过冬至长夜并观看极光奇妙。这里有老金矿遗迹和清廷廉政官员祠堂，也有1987年5月6日森林大火纪念馆，警示教训，既是旅游景点，也是教育课堂。

呼玛县因注入黑龙江的呼玛河得名，是达斡尔族语"高山峡谷不见阳光的激流"之意，与俄罗斯水上边界长达371公里，是中俄水上边界很长的县份，占到黑龙江大兴安地区中俄边界的一半，同时也是国家对外开放的一级口岸，边贸兴旺。该县适宜农牧，拥有林缘和天然草场近400万亩，载畜量为65万个羊单位或13万个牛单位。经营面广，鹿野养殖、北五味子药业、野生浆果、榛蘑、木耳、猴头蘑与山产茅尖、冷水鱼类等，食物丰富；境内拥有泡泽多达330余个，湿地生态前景广阔。

　　塔河县所在地塔河镇原名"小固其固"，是鄂伦春族语"水草丰盛的地方"（或"多塔头的地方"）。1954年，林业工作者到此做资源考察，因这里正是塔哈尔河注入呼玛河的河口，故名塔河口，以后演化为塔河，地名记载着林业开拓者的艰辛。塔河与俄罗斯隔江相望，两国河流边界173公里，交通方便，辐射面积广，运输半径短，素有"绿海明珠，兴安福地"的美名。

　　黑龙江大兴安岭林区地处北半球高纬度，使祖国北疆的森林类型踏入泛北极植物区系，她以兴安落叶松、白桦为优势树种并保留有大面积樟子松原始林；林下的越橘、杜香、杜鹃和铃兰、鹿蹄草、地榆等灌木及草本异常繁茂，非常典型地代表了我国寒温带落叶针叶林的特色与植物多样性，成为科学研究的生物基因库。林海茫茫，光阴荏苒，从1964年起，在这片行政区面积8万多平方公里的土地上，利用资源在60年内累计生产木材13亿立方米，上缴利税842亿元，为国家经济建设贡献卓越。几十年的开发，经历林木皆伐、择伐的转换，逐步消除粗放经营模式，群落垂直与水平方向外观特征良好，其内部个体大小（株高、胸径、冠幅）与相关特征（郁闭度、盖度、密度）日趋合理，顶极群落的落叶松开始明显突出，建群种多度提升，其余灌木、草本繁茂，更加适应不同生境类型（干生、中生、湿生）

的茁壮成长。广袤林海是一座巨大碳库并为应对气候变化勇挑重担。目前，森林长势喜人，树干高耸，胸径粗壮，郁闭严密。但是，林中群落演替仍处于较低阶段，次生的杨、桦面积较大，反映出1987年5月6日阿木尔、塔河、图强、西林吉4个林业局森林火灾后的生态灾难与后遗症，林区可持续发展任重道远。

现在，林区正在中央《天然林保护修复制度方案》与《东北、内蒙古等重点国有林区天然林资源保护实施方案》精神的指引下，努力提高森林质量，坚持保护优先、自然修复为主，开始停止原木采伐，向多种经营和生态功能区转化。随之，林区更加重视生态保护并根据区域内自然地理要素特征，实施生态保护工程。截至2018年，已建成各级各类自然保护区12处、森林及地质公园3处，湿地保护区27处，形成覆盖大兴安岭林区的生态保护网络。

呼玛县呼中镇地处呼玛河的中游，是林区的资源核心，海拔从低到高依次出现杜香、杜鹃—落叶松、杜鹃—白桦及偃松群落；花岗岩、片麻岩为母质的土壤为针叶林提供良好条件。1986年后，已建成具有国际水平的呼中自然保护区，以大兴安岭主脊为界，正好与内蒙古汗马自然保护区毗邻，双子星座，联袂争艳。区内笃斯、红豆越橘鲜艳，黄芪、山珍遍野；还拥有原麝、紫貂、貂熊、黑鹳、白鹳、黑琴鸡、丹顶鹤等，动物种类珍稀。伊勒呼里山东西横亘，最高峰大白山，可登顶科考探险，观光休闲，生态旅游，戏水漂流，无愧"人间天堂"的美誉。

该县南瓮河国家级自然保护区，位于大兴安岭东部、嫩江上游、正源，河流冲刷与改道，在绿色草甸中弯曲流动，形成岛状林地与牛轭湖，烟笼远树，景物迷茫。湿地面积达153多万公顷，2011年加入《拉姆萨尔公约》并被列入国际著名湿地名录。

中央始终重视国有林区优化产业结构，促进资源可持续增长。黑龙江大兴安岭林区正在朝气蓬勃、勇往直前，国有森工企业面目一新、态势喜人。呼玛县的国有森工企业韩家园林业局，经营面积90多万公顷，有大面积林业用地，森林覆盖率很高，是重要的用材林基地。该局一直把生态文明建设放在第一位，她以良好的生态环境、丰富资源的明显优势，于2014年1月23日入选《人民日报》人民网的"中国最美小镇"，在全国10个获此殊荣的单位中名列第二。这里的职工时常怀念那位姓韩的山东农民，是他用辛勤劳动在极端严寒的条件下先行，成功种植蔬菜供给林业职工，并把他的"韩家菜园子"作为自己企业的命名。

漠河市内的图强林业局，施业区总面积50多万公顷，有很高的森林覆盖率和林木总蓄积量，现又成为我国北疆著名的"灵芝之乡"，局内已经建成园林式新城，还异军突起成为全国珍贵皮毛动物养殖基地；同时，发展林产工业，利用指接板生产欧式木屋打入国际市场。

这个国有企业坚持"每一寸土地都精雕细琢，每一个环节都精益求精"，不断进取创新。

塔河县十八站林业局总面积60多万公顷，森林覆盖稠密，是镶嵌在大兴安岭上一颗灿烂的绿宝石。回顾历史，为抗击沙皇侵略，保卫边疆领土，沟通边疆与内地的交通，这一带很早就建成驿道。19世纪后期，鄂伦春人在额木尔河的支流——漠河老金沟（胭脂沟）发现金矿，纯度达80%，因而引来国内外疯狂的淘金热；为加强管理，光绪十三年（1887年），李鸿章推荐吉林候补知府李金镛，到漠河督办金矿开采，确保黄金运达京师并重新开辟直达漠河的驿站，除墨尔根（嫩江）到额木尔河河口基本上沿用康熙年间设置的25个驿站外，又从漠河向老金沟方向增设5站、向额尔古纳河东岸的西口子延设3站，总计33个。十八站即清代的古驿道和"黄金之路"上的第十八驿站，也是33个驿站中唯一社会功能最全的一个，名称沿用至今。李金镛兴利实边、清正廉洁。后来，人们在漠河为他敬建祠堂、树立榜样。

黑龙江大兴安岭绿色森林抚育黄金，尽管老金沟经百余年的开采已经资源枯竭，但以后的发现矿脉更使林区金色辉煌，当地沟沟出黄金，黄金探明储量占到黑龙江省的46%，位居首位；这里，也是全国黄金的重点矿带和3个矿靶区之一，财富至宝。神奇沃土碧绿无垠，黑水镶边，黄金铺路，前途无量！

**参考资料**

1. 张喜亭等：《大兴安岭双河保护区植物多样性和群落结构特征分析》，《北京林业大学学报》，2021年7月

2. 张宏伟等：《寒温带林区不同林型土壤酶活性和微生物生物量的变化特征》，《东北林业大学学报》，2021年8月

3. 张冉等：《大兴安岭林区典型森林和草甸细小死可燃物含水率预测模型》，《东北林业大学学报》，2021年3月

4. 果冻：《大美兴安耀北疆》，《绿色中国》，2021，6A

## >>> 长白纪行 <<<

　　长白山位于吉林省东部，范围北起安图县的松江镇，向南直达朝鲜境内，西起抚松县，东止于和龙县境内。主峰白头山海拔2750米，山顶的天池景色奇美为中、朝两国的界湖。长白山地区森林资源雄厚，是我国的重点国有林区和国家用材林基地。1960年，以白头山为中心建成全国第一个自然保护区。以后，又有扩大并将相邻国有森工企业的部分林场划归，还参加了联合国组织的"人与自然的生物圈计划"。由于以往政策失误与经营方式落后，一段时间内，国有林区出现资源枯竭和企业穷困现象。面对困难，我和同事参加了扭转局面、投资输血的亡羊补牢工作。1990年5月10—22日，我们几位同志，对长白山地区森工企业的"后期林场"进行考察、评估，共谋开发方案。所到之处正是长白山林区的核心与精华所在，行政区划属于吉林省白山市和延边朝鲜族自治州。所谓"后期林场"，就是过去疯狂采伐时期的弃儿，如同苏州地区大片古老的小桥流水景观已被破坏，而原来偏僻、贫穷不被重视的周庄反倒成为旅游热点、倍加珍惜。尽管各个后期林场面积还不足一个林业局的1/10，但它缩影体现，可以反映国有林区尚存的资源禀赋与开发潜力，进而探索新时代的可持续性采伐模式。而"前期"或"先期""早期"，必定是先前的原始森林和处女地；它们理应成为国家的功臣并铭记其在抗美援朝和前几个五年计划中的巨大贡献。回首调研时的难忘岁月、感受颠簸行程，至今记忆犹新。

**临江** 5月9日21:00，由长春出发乘坐火车南下，于次日清晨7:00到达通化，9:00乘坐接迎汽车于中午抵达临江林业局。临江位于吉林东南，南临鸭绿江，地处长白山麓，森林密布。1939年，东北抗日联军伤员就是在这里的密林深处修养、恢复，这里隐蔽、安全。到临江，还能看到红松的母树林和原麝，高山上的红景天茁壮、鲜艳。临江与朝鲜的两道、三郡接壤，中朝边境长达146公里，隔江相望，近在咫尺。晚饭后，游览鸭绿江的江心岛，驻足观看异国边境农村，感受到巨大反差。5月11日，前往临江柳树河后期林场，行程42公里，海拔由400升至800米。临江局伐木始于1946年，过去，习惯游牧式采伐，先伐好的、距离近的，愧对自然恩赐。柳树河位于临江东部边缘，临近抚松县。现在，林场还拥有40年以上树龄的红松以及胸径40多厘米的云杉、冷杉、圆柏、核桃楸、色木、槭树，十分珍贵。人工种植的落叶松业已成林，彰显希望所在。改革开放后，投资业务更加人性化，注意职工住房、家庭团聚、努力提高林场带眷率；主要解决饮水、子女入学、食堂用餐和退休职工安置等问题。我们考虑项目重点是修筑通往柳树河的道路并配备往返通勤客车，解决"有路无林"（老林场枯竭）和"有林无路"（后期林场现存资源需砍伐后运出）的畸形。为使企业尽快脱贫，还建议他们注意开发长白山地区丰富的矿泉水资源，它必将成为企业增收的一个新亮点。

**三岔子** 5月12日上午，翻越长白山支脉老岭后于中午抵达位于白山市江源区的三岔子林业局，该局地处长白山南麓，正逢三条小河在此汇聚，水源充足。它的三道湖后期林场在北面靖宇县境内（国有林区范围按森林分布走向，不受行政区限制），该县原名蒙江，因民族英雄杨靖宇将军在此殉国，以表纪念并建有纪念塔与篆刻石碑。次日上午，经白江河林场前往三道湖，附近为一火箭部队基地，森林茂密，郁闭度高，军事隐蔽。11:00到达地处靖宇南端的三道湖。过去，主要集中采伐靖宇北部那尔轰镇一带的森林，南部三道湖因多沼泽，施工困难而未被垦拓。14:00又考察了位于三道湖以北的另一个后期林场珠子河。那里，多见阔叶林的柞木与白桦，长势良好。珠子河林场濒临头道松花江的支流蒙江，需投资修建大桥，加快木材调运。三岔子林业局为摆脱贫困正在发展人参种植，规模已达4000多帐（每帐4平方米，共计1.6万平方米）。局内还号召大家采集薇菜、刺嫩芽、山芹菜并培育黑木耳和食用菌等，也重视山参、刺五加、五味子、灵芝、天麻等药材生产，开展多种经营，增加职工收入。

**松江河** 离开珠子河，经靖宇西南花园口镇路过抚松县城朝东南行进，于当天17：50到达海拔768米的松江河镇。号称"人参之乡"的抚松生活富足，它位居长白山腹地，又是旅游团攀登白头山和天池的必经之路。镇上，松江河林业局门前铜牌专门刻有英文，以利韩国、日本和俄罗斯远东地区商客前来局内洽谈业务，旅游观光。该局的珍贵木材和其他林副产品在东北亚享有很高声誉。

5月14日9：30，由局址南下前往它的漫江后期林场，该局约3万公顷林地已划归长白山自然保护区（如老岭、峰岭两林场），车行约40分钟后，在抚南林场附近便进入保护区西侧，头道松花江和老黑河川流不息，山清水秀，美丽景色让我们停车驻足观看；而后，步入林内踏勘：高大的长白落叶松挺拔直立，胸径粗壮，长势喜人，椴树纹理细腻，水曲柳坚韧挺拔，黄菠萝木材可供军需；林中深处还藏有珍贵的紫衫、朝鲜崖柏、天女木兰等。特有的美人松（长白松）袅娜多姿，展示着迷人的魅力。林中，灰雀鸣唱，啄木鸟辛勤劳作，小松鼠愉悦欢跳，如临森林世界的神奇仙境，枝叶落下形成一层松软地毯，梅花鹿的脚印清晰可见，陪同人员介绍说附近有珍稀动物出没。枸子、忍冬、独丽花、水晶兰，灌木繁茂，草本葱绿，乔、灌、草编制群落，"植物王国"彰显生物多样性的绚丽。

走出保护区于12:30到达抚松西南的漫江林场。下午，结合资源优势，细致做好评估选项并研究它与北面锦江后期林场的合并方案，以利整合，形成区位优势。确定场址选择，集约作业、缩短采伐半径。因毗邻自然保护区，更要注意配备灭火与消防设施，确保生态佳境。

**露水河** 告别松江河，5月15日上午向西北方向的露水河林业局进发，10:30途径位于抚松中部的泉阳林业局。原先没有安排它的任务，但还是热情拦住我们进行汇报。泉阳林业局址海拔778米，除采伐作业外，现已分别建成胶合板和拼接木厂并种植人参17万帐，还抓紧解决职工住宿的危房问题。他们正在努力摆脱生产单一局面，其不断创新的经营理念和超前意识令人佩服。同时，还告诉我们该局以及露水河、汪清等局辖区内富含优质矿泉水资源的喜讯。

离开泉阳继续向西北前进，14:35到达抚松露水河镇，下午听取汇报。

次日5月16日9:30到达四湖后期林场，距离局址30公里，在抚松东北角，非常偏僻，不远就是敦化边界，面积12.15公顷，蓄积量2100万立方米，覆盖率86%，也是我们此行林场规模最大的一家。因地形复杂，采伐困难，需构筑高山索道，因而长期被搁置；所见栎树、水青冈、鹅耳枥、桦树多已成材，一棵胸径50厘米的大树，无法拢抱。

为了解森工企业发展的新方向，当天下午3点参观露水河刨花板厂。在林区，利用小径材、树木枝杈和原木加工剩余的边角料或间伐后的幼树，切片、粉碎后压制成刨花板，节约原木板材，既是林产工业的亮点，也是林业职工的人心所向。因价格优势，国内一些森工企业都比较注意引进德国比松公司的制板设备，大家竞相成套进口，几乎救活濒临倒闭的一家德国老机械厂（位于汉诺威西南25公里的小镇斯普林格，员工不足300人）；甚至还挽救了意大利、奥地利的老厂。当时，我们外汇不足，还使用过科威特贷款。露水河刨花板厂的建成不仅使用了德国主力设备，同时，还以中国机械配套，如沈阳重型机械厂、苏州和镇江林机厂等的产品，功不可没。如今，露水河刨花板厂的产品已经驰名国内，她已成为森工企业发展新方向的一颗明星。

**敦化** 5月17日，早餐后由露水河启程西经安图向北前往敦化市。从此，进入延边朝鲜族自治州境内。安图是全国有名的贫困县，资源耗竭，所见山麓光秃、石露，水土流失严重。但是，这里以前却是森林密布，1952年9月21日，朝鲜战争期间，美国就是利用这里绿树成荫的环境，空投特务，最后，被我们活捉。

13：30到达敦化市，这里采伐分富尔河与官地南、北2个林区，它的松江后期林场毗邻富尔河，距市区向南60公里，伐木较远。次日早餐后出发前往，食堂为我们准备了可口的豆腐脑，美味极致，制作采用坡麓生长所特有的小粒黄豆（现已入选国家地理标志），令我们感叹美好森林呵护下的农产品独具一格。汽车南下，路经市属与国有林地的分界，10:00穿越东西横亘的寒葱岭，正好是松花江与牡丹江的分水岭；公路蜿蜒起伏，景观色彩斑斓，览胜迷人风光。11:10到达松江林场，沿途还路经几个地方小林场。因此，投资建好松江林场必将起到示范作用，从而带动周围并促进敦化西南富尔河流域的综合开发，意义重大。

  5月19日清晨6:05离开敦化，经过北部官地林区，在林胜乡附近看到人工植树造林的显著成果：排排带状人工林长势喜人，这是定向造纸用材林。为造纸工业提供木浆，实现"林纸结合"，前途无量。这里早有造纸工业基础，敦化市内3305军工厂的前身就是一个造纸机械厂，技术力量雄厚。车行东北，不远处是著名的由火山喷发在牡丹江上游堰塞形成的镜泊湖，附近河湖交织，其雁鸣湖镇西侧还有塔拉泡及西、东大泡等浅湖湿地，形成以水稻、养鱼为主的鱼米之乡；环境优越，敦化至镜泊湖一带，现存不少古迹，丰厚的自然与人文景观为敦化林区发展旅游业增添新意并开拓独特的投资思路。午饭后，稍事休息于下午3:00由黑龙江南界向南经吉林春阳镇、天桥岭前往此行的最后一站。

**大兴沟** 当天18：30到达吉林延边朝鲜族自治州汪清县大兴沟林业局。历史上，天桥岭与大兴沟一带的嘎呀河流域森林资源极其丰富，但受日、俄掠夺蒙受巨大损失。尽管如此，该局的优质水曲柳木材仍能被选入为建筑毛主席纪念堂使用。5月20日早餐后出发，于9：15到达该局的柳亭后期林场，地处嘎呀河西侧与支流后河的交汇处，水文条件优越，林相很好、蓄积量大。

大兴沟林业局朝鲜族亲属多旅美华裔并对未来林业发展持开放态度，已经引进部分美国采伐设备，科学经营，力图尽早与国际接轨。5月21日下午，与大兴沟林业局同志告别后驱车前往图们火车站并路经石岘镇，看到规模不小的造纸厂，这也印证了森工企业走"林纸结合"之路的必然选择。18：15乘车返回长春，圆满完成考察任务。

**感悟** 退休后不久，2004年7月24日，自己有幸随总行在职职工赴临江接受革命传统教育，参观陈云同志"四保临江"战役纪念馆及其故居，旧地重游、备感亲切。而后，又经熟悉的抚松县，由西侧登上长白山顶峰，一览天池奇观；俯瞰山下林海和绿荫丛中的林业局，远望多处森林、地质和湿地公园，喜看国家林业的飞速发展：国家天然林保护工程（"天保"工程）在全国建设3个实验区，延边朝鲜族自治州汪清县已入选其中。同时，国家林业和草原局已同国家开发银行签约国家储备林文件，确保森林资源的永续长存。现在，变单一树木采伐为多种经营，发展林区旅游、休闲等新兴产业，生机勃勃。原来在长白山林区发现的优质矿泉，现已成为"农夫山泉"等名牌的生产基地；丰富的林区自然资源，必将为万民分享。

二 深入林区

## 》》走进伊春《《

　　黑龙江省境内的小兴安岭是我国又一个重点国有林区和用材林生产基地，地处松花江以北，是东北三江平原粮仓的天然屏障和松花江、黑龙江两大水系的分水岭。伊春市地处小兴安岭腹地，因林业产业重要（至今，新版地图的乡、镇都以林场命名），1964年6月，经中央批准设立伊春特区，实行政企合一体制并实行省政府与林业部的"双层领导制度"。现行行政区划为1个县级市、4个市辖区和5个县。

　　小兴安岭地貌为中低山峦，松花江支流汤旺河（女真人"春光"语音的译转）自北向南穿行其间，河谷水源丰沛，加之以花岗岩、玄武岩为母质的暗棕壤为红松及其他优质阔叶树种提供了完美的生境与立地条件。在北温带气候的大背景下，营造了良好的生态环境与生物多样性特征，成为绿色、清新的人间天堂。伊春的原始红松林或"典型红松林"是小兴安岭地区突出的地带性顶极群落，因森林长期演替形成并经当地生态系统漫长的自然选择，非常适应当地自然地理环境的优势原始森林类型，成为东亚同类种群中的佼佼者。

1990年8月19—26日，我有机会前往那里考察项目，收获颇丰。既看到以往红松及其他珍贵阔叶树资源的破坏，也看到现今森工企业转型、复苏和新生的希望。清晨，经浩良河去汤原县香兰乘车于11:00到达南岔，一路目睹以小兴安岭为生态屏障的三江平原西端农村景象。13:50再从南岔乘火车前往乌伊岭，22:00抵达。286公里的路程整整走了8个小时。以运输木材为主的专线铁路，每天只发一趟客车，行进缓慢；车厢内极富生活气息，旱烟浓浓，弥漫缭绕，少妇哺乳，农妇编制针线；东北乡音，"唠嗑"高谈。大大小小的包袱和用废弃化肥袋满装的土特产，自产自销，以物兑现，收入微薄，但人们乐观、豁达并充满对未来生活的美好向往。

**乌伊岭林业局** 乌伊岭是蒙古语"长满树林的山岭"之意，为小兴安岭的一个支脉，位于小兴安岭北坡，汤旺河发源地，流经该局27公里。这里自然条件差，不适宜红松存活，主要生长桦、杨和落叶松及适宜岩石或瘠薄土地上的匍匐状偃松；多见分叉不能成材的丛状白桦及其越橘、杜香、忍冬等小灌木。该局因林相不好，在伊春林区开发最晚：1964年筹建，1967年投产，一些林场已资源枯竭，经营困难，只有长青和新生两个后期林场尚存资源，可供采伐。由于还具备生产能力，它也就成为省主管部门安排我首先考察的对象。

## 怀旧红松

乌伊岭以南，由汤旺河林业局顺流而下至南岔的这段汤旺河河谷，两岸几个林业局紧密相连，正是红松生长的精华之地，被誉为"红松之乡"，更是强度采伐破坏最严重的地段。红松树种树干高大，干形通直，材质优良并成为中国传统木工榫卯制作的首选，消耗惊人。自20世纪50年代初始，由南岔、朗乡、铁力一线沿汤旺河谷自南经友好、五营、金山屯等林业局向北递进砍伐，破坏惊人，南部尤甚（铁力林业局一直是有名的贫困企业）。考虑投资并着眼于剩余资源，主管部门让我离开乌伊岭后，自北向南顺流而下，依次考察以下各局：

**汤旺河林业局** 于1958年建立，沿途在林地边缘偶尔有零星孤立的红松出现，不能形成蓄积；靠近东侧嘉荫县附近尚存一块红松母树林，有特定用途。汤旺河流经该局有16公里，原先西岸资源较好，可以有一些云杉、冷杉，后经砍伐后破坏严重，东升、高峰两个林场受害特别深，采伐作业几乎停顿；另一个高峰林场，现只能靠农林副业的多种经营维持生计；为帮扶弱者，现已将部分林地划给目前条件较好的二龙山林场，以减轻压力。西岸林场都面临伐木工人多而营林工人缺乏的问题。东部林场现多以质地较差的白桦和落叶松为主，那里的守虎山和二清河两个林场还有部分资源，仅维持一般性生产。现在，汤旺河林业局已把主要精力放在新兴的刨花板生产上，主要利用的是劣质木材。

**新青林业局** 建于1957年，因毗邻伊春嘉荫县境内的乌拉嘎金矿，特殊、封闭的采矿业使那里部分林场红松得以保存。一些林场内，针叶树种的云、冷杉正处在恢复期。另一个青林林场在1964年就只能采伐落叶松，1988年后又进行第二遍的回头采，现在经营十分困难。目前，正计划开发结源、西北河一带的低劣材质资源，以解决燃眉之急。

**红星林业局** 1957年建局，全局低山缓坡，平均坡度4.4度，一般10度，体现了小兴安岭适宜红松生长的地貌特征，但红松业已消失。该局20世纪60年代建设的新水林场，还有一些砍伐红松后与其伴生的针叶云、冷杉剩余，十分珍贵。另一库斯特林场现存一些白桦和落叶松，只能维持一般生产，平顺度日。开发较早的汤洪岭林场分布沼泽并能生产泥炭（每吨150美元），可以调剂企业收入。该局正在抓紧造林，由于人工林的单一性，使得一些林场蒙受虫害威胁，应研究林种混交，杜绝虫害蔓延。

**上甘岭林业局** 位于汤旺河中游，流经该局52公里，1953建局，开发最早。为庆祝抗美援朝战争上甘岭战役胜利而命名。该局也少见红松，早期的红山林场现以落叶松为主，胸径一般，现正在加强林地管理，以利抚育、成材；同时，也在争取一些项目，力争早日脱贫。汤旺河支流的乌鲁木河一带还存有落叶松资源，蓄积很好。局里也对现存剩余资源的阳光、跃进、查山3

个林场报以希望。永续林场附近多有草甸、塔头和群丛白桦出现，经营困难，应在主攻林业的同时另辟新路，将来有可能成为湿地公园的候选。

总之，所到之处难觅红松，因为过去违背自然规律，贪婪其优点，采伐量是生长量的2—2.5倍。红松平均每公顷蓄积量已由20世纪50年代初期的253立方米下降至1988年的168立方米，树木径级由40厘米降至20厘米。2004年停止采伐时，红松林面积和蓄积由50年代的53.8%和74.3%下降到4.51%和4.5%，现在，红松蓄积量仅存400多万立方米，十分稀少，必须加倍保护。

**略谈思路**  面对红松消失而次生白桦、山杨、兴安落叶松等低劣材质树木增多的现状，必须寻找出路以解决企业生存问题。汤旺河林业局已引进德国比松公司Bison设备，建成刨花板厂，年产可观，在探索森工企业发展新方向上走在前面。乌伊岭也奋起直追，发展林产工业，消化桦、杨等木材。上甘岭局利用"小、碎、剩"料已建成拼接木厂，生产红火。新青引进波兰设备生产纤维板，市场看好。伊春"光明"家具公司使用贴面与装饰纸等新材料，产品外观精良，受到客户青睐。红星"欧深牌"家具使用白桦木，保持原色，回归自然，产品远销国外。另外，各局也瞄准世界银行项目，希望利用云、冷杉针叶树种发展造纸工业。

以往，投资片面，单一侧重伐木并留下后遗症，各局普遍存在饮水问题，多喝浅层地下水而引发大骨节病；钻探深井又遇到冻土层或穿透基岩，作业困难。群众迫切希望改善子女入学和职工医疗、住房等困难，居住落后的"木刻楞"房屋必须得到改造、更新。

林区采伐迹地上的自然更新被经济价值较低的山杨、白桦、蒙古栎替代，营造人工纯林的同龄单层群落结构降低了抵御自然灾害的能力，病虫害多发，成活率与保存率较低，许多生态问题必须提到议事日程。

资源枯竭必然导致环境恶化，此行伊始，路经三江平原西端背依小兴安岭的汤原县，沿途见到一些落后面貌，正是因为失去小兴安岭的森林庇护，自然条件恶劣，而延迟了该县脱贫的速度，花费很长时间才摘掉贫穷的帽子。2000年10月以后，中央决策对国有林区实施天然林保护工程，下令禁伐或大幅减少商品木材产量、分流安置林区职工，休养生息、恢复振兴，从而改变了过去单一木材砍伐的生产模式，全方位迈入国有林区发展的新领域。

## 新天新地

**自然保护区** 幸好，1958年我们在伊春小兴安岭中段保留了一块面积1.8万公顷的原始森林，即丰林国家自然保护区，林木覆盖率达92%以上。1997年，被联合国教科文组织纳入世界生物圈保护区网络。主要保护对象是以红松为主的北温带针阔叶混交林生态系统和珍稀野生动植物。这里，红松平均蓄积量为黑龙江国有林区天然红松林的 1.92 倍,以很小的面积保存了国有林区全部红松蓄积的 1/5,并有水曲柳、黄檗、紫椴、钻天柳、野大豆等。另外,还有国家一级保护动物原麝、紫貂,一级保护鸟类白鹤、金雕、中华秋沙鸭、细嘴松鸡、玉带海雕等。回顾伊春原貌,再现生态仙境。

红松极少、条件较差的乌伊岭,地处小兴安岭北坡,呈现以白桦为主的群落结构,比较真实体现近乎东西伯利亚植物区系中泰加林南缘的景观特征,符合 1939 年,德国著名地植物学家 C. 特罗尔、C.Troll 提出的景观生态学 Landscape Ecology 理论(20 世纪 50 年代来华授课的苏联伊萨钦科教授的著作亦有插图),有待加强保护,使其成为今后科研、观光的热土。

**湿地公园** 伊春水系纵横,伴以河漫滩、草甸、洼地、泡泽、塔头广布,连同部分蓄洪区,利于地表淡水汇集,形成湿地。目前,红星、新青和乌伊岭等林业局已建成湿地公园和保护区几处,并升格为国家级。国际"湿地公约"的全称是《关于特别是作为水禽栖息地的国际重要湿地公约》于 1971 年 2 月 2 日在伊朗拉姆萨尔签订,它承认人类同其环境的相互依存关系,调解水分循环,支持植物特别是水禽栖息基本生态功能,水禽的季节迁徙要超越国界,它是一种国际资源,"湿地公约"的签订确保远见卓识的国内政策与协调一致的国际行动,阻止湿地被逐步侵蚀及丧失。为此,伊春做出了自己的国际贡献。

**花岗岩石林地质公园** 地质史上的火成岩喷发，使得汤旺河林业局一带出现大面积花岗岩、玄武岩和片麻岩出露，沿岩石节理与断裂所进行的冰裂、雪融等机械作用，形成石峰群立的地貌格局。多方向的构造影响又使其形态各异；崖壁与高出相邻易侵蚀片麻岩的低丘，交错纵横，系统复杂，千姿百态，有石峰、石柱、峰林、峰丛、孤峰等。构造裂隙与湿润石谷，青草茂密，匍匐的堰松和矮曲林、"小老树"（长期长不大的树木）、灌木等。花岗岩石林缝隙中钻出不成材、弯曲畸形的树木，更增添了奇葩的景观，现已成为国家级地质公园，每天旅游参观者络绎不绝。

**旅游度假** 伊春地区山峦起伏，林海浩瀚，苍莽青翠，溪流纵横，风景秀丽，天然资源禀赋，为旅游业发展营造出美好的环境。伏天，林区新兴的度假村、庄园为游客提供了纳凉休闲佳境。同时，冰雪运动、漂流、狩猎也成为国内外青年的向往。鄂伦春族新村又再现了当地居民的生活方式，使人们回归自然。

这里，盛产黄金、玛瑙，适宜贵重药材人参、西洋参、北五味子、刺五加生长，林区优势土特产蘑菇、木耳、蕨菜更是上等佳肴。伊春嘉荫县伴依黑龙江，行船下航 16 公里就是北岸俄罗斯的巴斯克沃，嘉荫现已成为国家一类口岸，对外贸易往来繁忙、互通兴隆；如今，又修建了飞机场、高铁，如虎添翼。现今，伊春已不再依靠简单地砍伐木材度日，她正实施更高层次上的发展规划，创新驱动，前途无量。

## 行走川西

1992年5月，我前往四川西部林区考察项目，身临奇葩山川，感悟清新生境：北望巴颜喀拉山的雄伟，南眺滇北高原的峦嶂，西闻金沙江汹涌澎湃，东观成都平原沃土平川。置身峻岭翠海，心旷神怡，回忆当年，联想现今，获益深厚，升华思绪。

### 自然遗产

5月12日清晨，由成都动身出发西行，告别都江堰这一世界自然遗产后很快穿过映秀镇，进入阿坝藏族羌族自治州汶川县境内，感叹这个仅有8.42万平方公里的州内就拥有3处世界自然遗产：

**卧龙沟大熊猫栖息地** 位于映秀镇西侧28公里，地处邛崃山脉东南坡，这里，四周峰谷叠翠，森林茂密、原始痕迹，水碧山青，景色秀丽，仙境佳地；箭竹丛绿，草地松软，山石溪沟，为国宝大熊猫生存庇护、繁殖；南面邻近最早发现大熊猫的雅安宝兴县（穆坪）蜂桶寨邓池沟村（于1869年科学命名）。卧龙沟现已成为目前我国规模最大、生物资源保存最完整的天然物种基地。珍贵的羚牛分布与大熊猫基本重合，这种大型食草动物能在悬崖峭壁上如履平地，奔走跳跃。可爱的金丝猴身披金色长毛，嘴唇肥厚，天蓝色的眼圈与温和的性情，优雅迷人；贵重飞禽觅食筑巢，国家一级保护的野生植物生长茂盛，见证着生物多样性的美好绚丽。

我沿岷江河谷继续北上，翌日上午进入松潘县，车行的东北方向就是——

**黄龙国家自然保护区** 范围在玉翠山脉中一南北走向、长达 8 公里的黄龙沟山谷，谷顶海拔 3800 米，谷底海拔 2000 米，千余米落差的石灰岩建造并在沟底形成黄白色钙的沉积物，即一条很长的带状"石灰华"（tufa or sinter，石灰岩地区水流中含有过饱和碳酸盐离子，条件适宜便沉淀而成），晶莹光滑，跌宕起伏，顺着山沟，曲折蜿蜒，犹如一条黄龙盘旋、腾飞而下，堪称世界奇观。

**九寨沟** 当天 10:00，继续由松潘往东北方向的南坪县（现更名为九寨沟县）进发，先经该县西侧的漳扎镇，中午抵达县城内的南坪林业局，即此行考察国有森工企业的首站。九寨沟景区原属该局漳扎镇附近的几个林场，历史上形成九个藏族古朴山寨坐落其中，聚族而居。九寨沟景色主要集中于岷山峻岭中一 Y 字形沟谷，溪水中沉积着洁白的石灰华（tufa），水流不畅或堵塞还形成海子，最长、最美的 6 公里长海（子）诱人陶醉，

二 深入林区

碧水蓝天，清澈见底，两岸林木，倒映水中，瀑布水流凌空而下，银花四溅，世外桃源。对于联合国教科文组织（UNESCO）在川西确认的这3项世界自然遗产我们必须倍加珍惜。

一路行程，怀旧茶马古道，哼唱"康定情歌"。川西为我国少数民族地区，包括阿坝藏族羌族自治州和甘孜藏族自治州及凉山彝族自治州。览胜风土人情，羌族姑娘裙装百褶，牧羊刺绣，石板垒墙，田园风光；藏族丹巴"千碉之国"，德格经书雕版印刷；彝族节庆篝火，照亮山寨欢歌，共同绘画民族大家庭的奇光异彩。

## 绿色屏障

川西在中国气候区划中属于高山温带，地处青藏高原东南缘，具有典型的高山峡谷地貌，受邛崃山阻挡季风影响，形成"华西雨屏"，雨量丰沛，森林茂密，是长江上游的重要水源涵养区，也是我们的重点国有林区。呈现以亚高山暗针叶林为主的森林类型，垂直分布带谱明显，地形复杂，植物种属分布交错渗透，成分叠置，乔木多为岷山冷杉，粗枝云杉，紫果云杉及红桦；灌木多见红刺悬钩子，野樱桃，二脉忍冬，紫花卫矛；草地遍布野草莓、柳叶菜、六叶葎等。

南坪林业局的部分林场划归九寨沟景区后，现有的林地面积、活立木与用材林蓄积量均有减少，但仍想方设法为国家多做贡献。5月23日，继续翻越崇山峻岭南下前往雅砻江流域的凉山木里林业局。木里是全国仅有的两个藏族自治县之一，林业是木里县的主导产业，全县森林覆盖率和活立木蓄积量非常可观并存有零星成片原始林，声望誉满国内，是长江上游水源涵养林的中坚力量。此前，5月21日，我们还有两位身体条件更好的同事被派往海拔3400米以上的甘孜州炉霍、道孚两个林业局考察，这两个林业局所辖林地均占县域面积的一半以上，资源禀赋以针叶云杉、冷杉为主并有较好的硬阔叶林；由于地处地质断裂带、多发地震，历史上形成藏族以木架结构为主的"崩科"建筑，民用需求与过量采伐上缴致使林木破坏并使沿县河流泥沙增多，我们要做的是治理水土流失并防范林内的云杉矮槲病害。然而，两县所在鲜水河—达曲河床成串珠状断陷盆地，两侧平缓、河谷宽阔并伴有微小冲积扇形成湿地，加之草甸、林灌，具备建立国家高山峡谷森林公园（已于2016年5月揭牌）的条件。

　　以往，偏重强调森林采伐，突出木材生产并依靠长江上游水流动力水运原木。沿途岷江河谷可见，河床凸岸大量堆积采伐的原木；为加快运输，还专门成立大渡河与雅砻江木材水运局，运销木材近10万立方米，还在泸定、丹巴等县设水运处，漩口及多地设木材检查站并在灌县都江堰前的沙全坝和朱罗坝拦截木材。无休止的森林砍伐已在长江流域造成水土流失并以上游为甚，流失面积达35.25万平方公里，占整个流域的62.6%；

二　深入林区

而且，四川的流失面积为24.70万平方公里，居流域各省之首；生态环境恶化，地下水位下降，岷江干支流出现断流，天府之国受到威胁，可持续发展形势堪忧。同时，造成林区采伐迹地上强势次生演替，原生群落破坏严重，自然演替、更新延缓，优质用材树种的云、冷杉资源殆尽；备受损伤的植被受日灼、霜冻影响，促使喜光劣质先锋草本种属优势，杂草丛生并以阔叶木质欠佳的桦、杨取而代之，物种退化；现虽不断人工造林，但复生绝不等于复原，生态逆转。今后，必须优化林分空间结构并对人工林进行近自然驯化，引导其向天然林发展。

川西是植物王国，各地生长众多珍稀与濒危树种以及分布区极窄物种和国家重点保护野生植物。新生代第三纪的孑遗植物、珍贵乔木珙桐更是王国中的佼佼者。沿途常见大片野生常绿杜鹃花开绽放，充分证明川西及其整个西南地区的杜鹃属（*Rhododendron*）是现代世界分布的中心，其中，我国特有种的大叶金顶杜鹃朵大、色艳，无愧"木本花卉之王"，也是优良的杂交亲本种质资源。森林植被必联手以薹草、蒿草、泥炭为优势的若尔盖高寒湿地草甸共同筑成长江上游水源涵养绿色屏障。

国家始终关心中华民族"母亲河"的生态保护并为黄金水道和长江经济带发展规划蓝图。2000年10月，国务院批准《长江上游、黄河上中游地区天然林资源保护工程实施方案》，开始禁伐森林和大幅减少商品木材产量；休养生息、恢复发展，实行由木材生产向生态功能区建设的转变，并分流安置林区职工，对重点森工企业实施整体转移，变森工局为造林局。营造人工林，缓解天然林的用材压力；多种经营、重视非林木产业，因地制宜，种植茶叶、蔬菜、花卉、药材，发展生态旅游、林憩休闲。充分发挥川西每年新增碳汇900万吨左右和零碳可再生能源富集的优势，为应对气候变化助力。2021年3月，正式实施的《中华人民共和国长江保护法》，作为我国第一部流域法规，强调生态优先，绿色发展，加强国土空间生态修复，迎难克坚，确保长江水系安澜。国家新政已为川西迎来新的发展空间，修复初见成效。目前，长江流域水土流失面积已减少1/3，四川境内土壤侵蚀量已减少10100万吨以上；而且，道孚林业局木茹林场正与长白、海南两地一并被选作全国三个林业生态监测点之一，意义重大。同时，长江上游最大的广阳江心岛生态项目也在稳步推进，川西大地焕发出勃勃生机。

## 坚强腾飞

川西地处龙门山地震带（东北—西南走向，广元至都江堰一线），是灾害高发区与重灾区；当地地震碑林记载明嘉靖十五年（1536年）、清雍正十年（1732年）

和道光三十年（1850年）境内的多次地震历史记录。2008年5月12日汶川、2013年4月雅安芦山和2017年8月8日九寨沟等地的地震都震惊中外。另外，2019年春天，木里县的森林大火，不少年轻的消防战士英勇牺牲。联想自己此行，5月25日上午在木里以北、海拔3000米的卡拉乡，沿雅砻江山谷岩壁挖凿筑路的羊肠小道行车，俯瞰深涧、战战兢兢的心态；目睹伐木工人的艰辛以及与林业职工结下深厚的友谊，心情十分沉痛！为追思逝者，在汶川地震一周年之际，国家交响乐团关峡团长借鉴了莫扎特、弗雷、威尔第世界三大安魂曲创作了《大地安魂曲》，表达全国人民对在川西重大自然灾害中丧失亲人的深切悼念。

　　追思与纪念活动都在西昌举行，西昌是我国著名的"航天城"，是我国卫星升空的地方，她从不惧怕，也不被严重自然灾害吓倒，永葆坚强和战斗腾飞精神，体现了中华民族不屈不挠、顽强拼搏的精神。记得，1992年5月22日，自己站在西昌卫星发射中心长征火箭发射架前，豪情满怀、心潮彭拜！今天，立足川西，纵观全国，走向世界，迎接美好未来。

## 参考资料

1. 马丹炜、张宏：《植物地理学》，科学出版社，2008年7月
2. 张远东等：《川西亚高山五种主要森林类型凋落物组成及动态》，《生态学报》，2019年1月

3. 叶光志等：《盐边县木本植物资源组成分析》，四川林业科技，2021年6月

4. 蔡蕾等：《川西亚高山天然次生林不同演替阶段土壤团聚体组成及有机碳分布特征》，《四川林业科技》，2021年4月

5. 管晓等：《卧龙国家级自然保护区羚牛种群结构研究》，《四川林业科技》，2021年4月

6. 余海清：《大叶金顶杜鹃繁育系统研究》，《四川林业科技》，2021年10月

7. 周世强：《大熊猫生殖策略与觅食行为的耦合机制：能量—营养—气温关联效应》，《四川林业科技》，2021年12月

8. 德格藏族印经院：《旅游》，2020年4月

9. 石家星等：《中国分省系列地图册》，四川，中国地图出版社，2021年1月

10. 国家文物事业管理局：《中国名胜词典》，上海辞书出版社，1981年10月

11. 于贵瑞等：《川西北的减碳之路》，《四川日报》，2021年11月19日

# 三

# 省市情怀

张家界记

黄山之旅

武夷览胜

广西记忆

认识坝上

北京怀柔行

河南礼赞

## >>> 张家界记 <<<

  自己曾两度到访张家界，1983年11月，参加南方草场资源调查成果鉴定会。当时，交通不便，只能从长沙乘长途汽车西行，经宁乡、汉寿、常德、慈利等地抵达大庸县。1991年11月8日，举办首届张家界国际森林保护节暨国际生态研讨会，已能乘坐焦枝铁路（后延长为焦柳铁路）并享卧铺，在张家界西站（南站）下车，然后，乘公交去会议中心。

  张家界位于湖南西北部，跨越湘、鄂、渝、黔4省市的武陵山区腹地，湖南省内四条江水湘、资、沅、澧中的澧水流经那里，孕育绿水青山。张家界原属于湘西大庸县，为发展旅游，1994年更名为张家界市并扩大行政区划：归并慈利、桑植2县并将原大庸县改为永定区，又增加武陵源区，共计2县2区。历史上，大庸归属春秋战国时期古庸国南部，民国三年（1914年）定名大庸县。县城（永定镇）内尚存普光寺，始建于明永乐十一年（1413年），清代重修。她的重檐歇山顶和斗拱、横枋的形制以及大殿之间过亭相连等，都反映自元明清以来中国建筑的辉煌；明代嘉靖五年（1526年），又在枫香岗开凿玉皇洞石窟，八个洞内佛像、石狮雕刻精美，线条流畅，栩栩如生，宏伟壮观，彰显历史久长。

　　张家界景色宜人，是著名的生态旅游胜地。她拥有奇特秀美的石英砂岩峰林地貌和繁茂的生物资源，享有"山峻，峰奇，水秀，峡幽，洞美"的美誉。方圆369平方千米的范围内，拥有奇山异峰3000多座，海拔千米以上者达243座，大多峰柱高度都在几十至四百米，令人赏心悦目。各处奇峰林立，山峦异石，溪绕云谷，沟壑纵横，山岳秀丽。而且，峰秀台俊，壁险峡幽，水碧山青。按个体形态，有方山、台地、峰墙、峰丛、峰林、石门、桥涵、峡谷、嶂涧等。景区外围现零星石林环抱，点缀增辉。地势高低错落，柱体分布密集，造型奇异，景观多样，峡谷溪流，组合有序，构建出和谐的地域环境。

　　美丽景色反映着地质、地貌作用的神奇，大约从200万年前的更新世开始，外营力就不断下切砂岩顶面，地貌形态已被雕琢，又以4亿年前泥盆纪的砂岩为本底，切割愈烈，剥蚀、塑造便成为独具风采与可供科学研究与地质美学欣赏的魁宝。这里，岩层产状平缓，持不同方向的垂直节理发育，再受重力崩塌与雨水冲刷，就形成高低错落、相间矗立的柱体；石英砂岩颗粒均匀，结构致密，具有很强的抗蚀能力，因此，恒久昂然挺立，直插云霄。亚热带森林茂密茁壮，岩石与植被共存兴旺。

日月升沉、沧海桑田，演绎天际孤云、积山万状、凌跨长陇、前后相属、带天有匝、横地无穷的奇妙梦幻场景。

1992年12月，联合国教科文组织以"武陵源风景区"命名，将其列入《世界自然遗产》名录，所辖区域包括张家界森林公园、慈利县索溪峪自然保护区和桑植县天子山自然保护区，三地紧密结合成为地球奇特景观中的一颗明珠。

张家界森林公园，在武陵源区西部，是1982年我国成立的第一个国家级森林公园。总面积48平方公里，森林覆盖率98%，古树云平，灌木攸积，草丛所繁。张家界植物资源丰富，拥有我国亚热带珍贵乔木红豆杉、珙桐、银杏、杜仲、黄檗等，堪称"植物王国"；尚有两片原始森林，其间常见珍稀动物出没。高处的针叶林，不断分泌有机酸液，树根扎进岩石裂隙之中，生长稳定；1988年发现定名的"武陵松"，植株矮小，体重很轻，叶短粗硬，减少蒸发，保持水分，果球种子巧小，可以"咬定青山"，成为张家界的"山魂"。园内，树木枝繁叶茂，盘根错节，恰如放大的盆景；胜似"艺术宫殿"，峰林交错，相互辉映，苍翠欲滴。

索溪峪自然保护区位于张家界森林公园的东北方向，与天子山紧密相连；武陵源区政府所在地的军地坪是它的中心，面积180平方公里。索溪流水形如一条绳索，绵延一二十里，宛如铺开的一幅水墨长卷，雄奇中浸透清秀，幽深中略带恬淡，粗犷含蓄娇媚，多姿流畅。深沟幽谷侧伴石峰，座座簇拥，亭亭玉立；潺潺溪流，滢滢风韵。山体潜流飞瀑，一泻直下，轰如惊雷，翠若碧玉；高峡上的宝峰湖面，如人间瑶池，似碧玉镶嵌，波平如镜，湖崖峰峦，群山倒影，湖光潋滟，游艇泛舟。峪涧碧水清澈，终年川流不息，淅沥叮咚，不绝于耳，信步漫游，悠然自得，情趣盎然，依恋未尽。索溪峪是土家族语言的音译"大雾之处"，这里，经常云雾缭绕，茫茫云山雾海，更增其神秘浪漫色彩；几条流水汇入索溪，在奇峰石壁之间，沉积一点睛绿洲，芳草萋萋，别具诗意。这里，既可连片纵观，亦可分园细览，心得各异。

桑植县天子山自然保护区，东临索溪峪，南接张家界，北依桑植县，景区面积67平方千米。地处景区的最高处，其昆仑峰海拔达1262米，最低处的狮兰峪，海拔也有534米，山峦中部高峻并向四周倾斜，如一尊宝塔拔地而起，巍然屹立，可几面观景，俯瞰山麓，画面宽广开阔，气象万千。巍峨壮观的景色，反映出土家族民众对首领向大坤建邦立地的敬重，讴歌土家族征战自然的丰功伟绩。奇山秀水伴以古朴民风，田园温馨。既有瀑布水帘，飞流直下，也有山间泉水、小溪，涓涓细流；幽静崎岖小路，寂寥无人，群芳葳蕤，神秘莫测，传奇探寻。气象如万能的魔术师，让云雾、云海、云涛、云瀑和云彩装点夺目，霏霏细雨，朦胧大雾，久雨初晴，月明星繁，霞光万里，万籁俱寂；"岩泽气通，传明散彩，赫似绛天"。

整个武陵源风景区如梦幻佳境，几处绝景更是令人陶醉、流连忘返。

**金鞭岩**　地处公园南侧位置，形状呈一菱形，高约三四百米。每当夕阳晚照，鞭身闪烁，金光熠熠，璀璨夺目，蔚为奇观。史上早有秦始皇持鞭赶山填海的美丽传说。岩体孤标直立，雄奇挺拔，上细下粗，四棱分明；棱面布满节理横纹，形同鞭节，浑如一根竖插大地的长鞭，扬鞭催马带动景区活力。金鞭溪东西流动6.5公里，穿行于峰峦幽谷之间，溪水明净，乱石坻屿，潆绕漪澜，游鱼类若乘空。生境林木茂密，地被卉草兰芷，纷红骇绿，蓊蔚芬芳；空中，雀鸣莺啼，思鸟群归。

**黄石寨**　位于森林公园中部，为一巨大方山台地（海拔1200米），"会当凌绝顶"，登达寨巅即可俯瞰群山，像一雄伟、高旷的凌空观景台；四周峭壁环合，一览砂岩峰林的奇异景观。相传，山寨因汉朝留侯张良被师傅黄石公搭救而得名；而且，整座山体似一头勇猛雄狮，又名黄狮寨，奇俊秀美。如沿寨边缘环行，远近奇景尽收眼底，为世界山岳景观中所罕见。所见景色引人入胜并激发许多文人雅士的联想：如罗汉迎宾、天书宝盒、定海神针、南天一柱、登台摘星、天桥遗墩、雾海金龟或龙头、海螺、鸳鸯、金凤、望郎、夫妻、姊妹等。览胜方山周围，森林密布，可觅杉林幽径，"嘉木立，美竹露，奇石显"。

**黄龙洞**　武陵源风景区北部出露石灰岩地层，因澧水流经，促使喀斯特地貌形成，使自然遗产具备以石英砂岩峰林为主又有喀斯特地貌为衬托的二元结构。南方水流的不断侵蚀，构建了许多石灰岩奇特形体：石钟乳、石笋、石花、石幔以及天窗、溶洞、溶痕、溶斗、溶沟等。石灰岩特有的溶洞主要集中在索溪峪河谷北侧和天子山东南缘，分布多达10个并以东端的黄龙洞最为典型，是洞穴学研究的宝库，更是旅游、探险的佳境。洞长10余公里，垂直高度达140米，庞大的洞穴空间内共分四层，成为洞中有洞的奇观；穿行伏流、暗流、地下河，潭泊水尤清冽，静闻水声，如鸣佩环，奇葩惬意。

最先，张家界在湘西北的崇山峻岭中无人知晓，直到1979年，著名画家吴冠中和香港摄影家陈复礼来到张家界，面对大好河山，兴奋不已，灵感涌动，挥笔写下《自家斧劈——张家界》的传世之作，又乘兴写下《养在深闺人未知》，赞美这颗"失落在深山的明珠"，从此，张家界开始名扬海内外。

目前，旅游业已经成为张家界市经济发展的支柱和财政收入的主要来源，当地的乡村振兴必将前途无量。

## 参考资料

1. 周中民：《中国张家界峰林探秘》，中南大学出版社，2019年2月
2. 谭见安：《地理辞典》，化学工业出版社，2009年10月
3. 武汉地质学院外语教研室：《英汉常用地质学词汇》，科学出版社，1980年10月

## 》》黄山之旅 《《

　　黄山是我国的重要风景名胜，享誉内外，已被联合国教科文组织（UNESCO）列入世界自然、文化双遗产名录并入选世界地质公园名单。她原名黟山，唐天宝六载（747年）更名，相传先祖黄帝曾在此修身炼丹，故名黄山，使历代名人、雅士、学者为之倾心向往。唐代诗人李白赞叹："伊昔升绝顶，下窥天目松。"明朝地理学家徐霞客"以性灵游"，登山抒怀："其巅廓然，四望空碧。"黄山也是中国画派的源泉：张大千、黄宾虹、汪采白均几次登山并留下传世佳作。

　　自己仰慕黄山，第一次接触是1989年4月中下旬，在参加芜湖一专业会议后，由承办单位组织参观，从南区汤口镇起步登山，乘坐云谷索道（由云谷寺站—白鹅岭站），但因山上阴雨又急于返京，致使一些景点匆匆而过，未能赏析景色的真谛。时隔20年，退休后的2009年10月12日，我第二次前往黄山并与妻女同行。当天早晨，由合肥城南包河区出发，乘坐长途汽车经肥西县向太平方向进发（太平县于1983年撤销，改为黄山市的黄山区，行政中心在甘棠镇），奔向黄山。

长途汽车线路经停安徽舒城东端、庐江、铜陵、青阳、休宁等地，沿途饱览皖南风光、品味徽州文化。一路，河水潺潺清澈，低丘座座绿荫。堤坝耘野，圩田广布。金黄色的油菜花，含翠欲滴的秧苗，壮年耕耘阳刚，妇女洗衣笑颜；鹤发童颜，遥指杏花，田园风光，古朴民风，生机盎然。践行孟子理想："五亩之宅，树之以桑，五十者可以衣帛矣，鸡豚狗彘之畜。"沿途思绪万千：肥西水镇三河，舒城古堰七门，铜陵临川杏坛，青阳九华奇秀，休宁齐云"一石插天"。地杰人灵，古代曹操、包公、戚继光，近代陈独秀、胡适、陶行知等均出自这片沃土。

傍晚，大客车抵达黄山区政府所在地甘棠镇，立即选择宾馆下榻，地处闹市，用餐方便，舒适、实惠。甘棠位于黄山脚下，毗邻太平湖，周围青山嶙峋，茶绿杉挺，散发馨香，湖水澄澈如镜，游艇泛舟荡漾；如今又建成湿地公园，空气清新、生态宜人。镇上开辟公交专线通往黄山北门。次日清晨，我们未听天气预报，也未告宾馆退房，更没有做攀登高山的行装准备，便随意乘车出发前往目的地。车行经过黄山北路的必经之地芙蓉岭，现辟芙蓉谷景区，山峰如出水芙蓉，艳丽无比，诗云："清宵皓月峰头挂，宛似佳人对镜台。"这一美轮美奂的图画竖立在黄山景区北大门前沿，势必引领游客从北坡览胜的顺畅，也唤起我们由北线攀登的奇妙。此次由北路登山正好与 1989 年 4 月从南麓探索相辅相成，可以使我完整了解黄山总体。

　　从北麓上山需乘太平索道，它由北区松谷庵附近的松谷站起步，顺便领略早年道士隐居的禅林，然后缆车直送游客到达丹霞峰附近的丹霞站。正好从叠嶂峰西侧九龙溪流经的峡谷上越行，聆听湍急的流水，驾驭弥漫云雾，依稀可见巍峨峻岭，颇有腾云驾雾的意境。缆车停下后，打开缆车舱门，开始踏上山峦之中：西侧松林山郁郁葱葱，东面山峰峭壁微赭，霞光落照时，色彩斑斓，犹如丹霞。尽管天不开朗，能见度欠佳，但仍能感受到"会当凌绝顶"的诗意。老伴腿疾严重，步履维艰。终于在女儿的启发下，自己冲破青少年时期所受教育的束缚，解脱只有剥削者才能乘坐"滑竿"的禁锢，欣然让老伴坐上，感受轻松。我们父女步履跟随，使全家"黄山游"增添乐趣。穿过排云亭后视野开阔，尽览巧石奇景，感受云雾升腾翻滚和扑朔消散。而后，观赏石鼓山的"巨石含牙"和"一潭不枯"。尽管阴天不晴，但沿途仍可观望芙蓉、九龙、叠嶂等峰。这一带为留宿客人备好了舒适宾馆，可随意选择；为等待明天更好的日照，全家最终确定下榻北海宾馆并领取了夜间防寒必备的厚暖羽绒服，弥补我们行装的不足。夜幕降临宾馆，我在大厅安放的合肥生产的三角钢琴上即兴弹奏了贝多芬《月光奏鸣曲》的第一乐章，面对阴沉，抒发了自己对月光和星空的期盼以及对晴朗的呼唤，等待明日放晴的良机。进入房间，坠入梦乡，黎明初醒，耳闻喧闹，意识到这是观看日出的人流，活跃于生气充满的山岭。果然，上午阳光明媚，天赐佳境，我们站在宾馆前的开阔地，远望比邻右侧的笔架峰：一峰突起，顶分五岔，为书法和画家备好一尊神奇笔架；很快，立刻有几位艺术家前来这里写生、绘画、吟诗，颂赞黄山的奇妙。于是，留下腿脚不便的老伴让她在此尽情观赏、陶醉，我和女儿继续向上，沿着镶嵌"世界地质公园"标志的崎岖台阶向海拔1840米的黄山第二高峰光明顶进发。尽管有时虚喘，但不断奋力拼搏，一鼓作气终于到达顶峰，感慨"状若覆锥、旁无依附"。体验看日出、观云海的最佳境界，了解我国华东地区海拔最高气象站在捕捉高空大气环流数据上的重要意义及工作人员孜孜不倦、无私奉献的科研精神。午后，我们经西海群峰下山返回甘棠驻地，正值万里晴空、天色湛蓝，一览黄山这段秀丽、深邃的景致：挺立山峰如无数利剑直插云端，大峰磅礴，小峰重叠，时隐时现，宛如浩瀚大海中的美丽岛屿，让人驻足观看、流连忘返，依依惜别并思索她的奇妙……

　　黄山巍峨峻峭，耸立于皖南低山丘陵之间，拥有较高山峰72座，最高的莲花峰1873米连同光明顶、天都峰位居第二、第三。她雄伟、挺拔的主要原因在于其山体多由粗粒和斑状花岗岩组成。同时，花岗岩节理发育，在南方夏季暴雨的冲蚀和山顶冬季冻裂的作用下，沿节理发育形成众多沟谷并把山体分割成峭壁奇峰，坡度极大，造成诸峰崛起；同时，出现洞穴和飞来石等奇观。地质构造上断层沿线也有温泉出露，断层崖上还形成了著名的百丈、人字瀑布。1936年5月，我国著名地质学家李四光教授考察黄山并在慈光寺附近发现第四纪冰川遗迹；残存的古冰川U谷，其陡壁上还保留有清晰的冰擦痕，下面现冰泥砾堆积。黄山典型花岗岩构建与冰川遗迹成为联合国教科文组织选定她作为世界地质公园的依据。

黄山也是我国的植物资源宝库，众多植物种属和群落成为充分代表我国亚热带植被的典型，其植物区系可涵盖整个南方，反映我国亚热带的生物多样性及物种亲缘与趋同。因此，对黄山植被的科学研究意义重大。在此，应铭记我国早期植物学的前辈和先行者：钟观光、钱崇澍、秦仁昌、刘慎谔等专家、教授。黄山植被分布具有明显的垂直地带性：500—1000米的海拔段，代表我国典型的亚热带常绿阔叶林，长有青冈栎、甜槠等优势树种。千米以上为落叶阔叶林，可见栎树和山毛榉及小乔木和灌丛。针叶林的松树可从海拔800米一直向山峰生长；顶峰高寒，会出现沼泽与草甸，垂直分异明显。

黄山还拥有许多文化景观，山体上多坊、亭、阁、台等古建筑，历史悠久，施工精良。蹬道、桥梁幽静奇巧，名人留踪，遗址久长，中华文化丰厚，无愧世界自

川岳足迹

然、文化双遗产。黄山扎根于厚重的徽州文化之中，攀登黄山之后必然要去参观皖南乡村聚落，尤其是作为代表的西递、宏村二地，两处古老村落也被联合国教科文组织列入世界文化遗产名录。她们背依黄山余脉，山清水秀，灵气景艳，风光似锦；山丘屏列，云雾缥缈，山限壤隔，生机盎然。水为生命之源，繁衍生息、聚族而居，村址首先引水挖塘，潋滟汀卉，映照房屋清晰倒影，村落充满活力。为精心打造家园，注重修桥、砌堤、建塔、栽树。农舍布局多现三合、四合院落，朱门、牌楼；巷弄曲折纵横，住宅鳞次栉比，为防范失火波及邻里，山墙砌成阶梯式高于屋脊的封火墙，如马头形高低错落，似骏马腾空，琴箫低吟；白墙黛瓦，景观协调。注重通风采光，置天井于堂前明亮，畔水人家则筑水榭，叙家常、针线乞巧。室内装饰靓丽，浮雕、楹联、堂匾、伴书院、祠堂，国粹弘扬。庭院移步换景，砌花坛，置盆景，搭假山，牡丹、月季芬芳。赏鱼观花，弈棋品茶，闲情惬意，堪比人间天堂。村民热情好客，崇尚"有朋自远方来，不亦乐乎"？"蓬门今始为君开"。

黄山所辖地域风景如画，激励腿脚不便的老伴决心重游。正如自己的导师、北大陈传康教授常说："著名风景区应多次前往，每次收获各不相同。"

## >>> 武夷览胜 <<<

2009年3月刚过惊蛰，自己一家人迎着初春的阳光南下福州、厦门旅游。火车由赣入闽，我们慕名先在两省分界的雄伟山岳东侧停留，一览武夷山麓原崇安县（现更名为武夷山市）境内的丹霞景区。在地质史的中生代白垩纪，这里原为盆地，后经地壳运动抬升，使原来堆积的陆相红色砂砾石出露，历经南方流水侵蚀、风化和重力崩塌等外营力作用，形成奇特地貌景观，山色丹红如朝霞，平地兀立，挺拔峻秀。明万历四十四年（1616年），我国古代地理学家徐霞客入闽游览，置身探索发现之前沿并留下著名的《徐霞客游记》。此地貌类型，先以广东粤北仁化县丹霞峰为代表命名。1928年，留学哥伦比亚大学的冯景兰（哥哥冯友兰）教授，将其命名为丹霞层，"丹霞"一词源自魏文帝曹丕的《芙蓉池作诗》"丹霞夹明月，华星出云间"，丹霞指天上彩霞，万紫千红晚霞之中，镶嵌皎洁明月，满天晶莹繁星。云层闪烁发光，时隐时现，形成一幅色彩绚丽的画面。1939年，地质学家陈国达又有深入钻研。在此基础上，

1961年，中山大学黄进教授继续对武夷山及国内其他地方的同类地貌类型艰苦考察，倾注心血50余年，号称"今天的徐霞客"。改革开放后，黄进教授又与其他科技工作者共同努力，将我国独特的地貌类型和与之紧密联系的人文景观推向国际"申遗"，并于1999年12月被联合国教科文组织列入世界自然、文化双遗产名录；当年，武夷山成为我国4个、世界22个的"双遗产"之一。

南下列车在江西上饶境内转入横南线（继鹰潭—厦门铁路后，福建的第二条出省铁路）后，在武夷南站下车，打出租车继续南行抵达旅游度假区宾馆下榻。度假村建在贯穿武夷山景区南北走向的崇阳溪河流东侧的阶地上，选址优良，铁路和溪水围拢度假村，溪上架桥，步行向西便可进入景区。狭义的武夷山景区即指市中心以南15公里，方圆60平方公里的精华所在。一条源自武夷主脉、风景秀丽的九曲溪先经西端星村（第9曲附近）注入景区，河流再折为九曲流至位于东端第1曲（自西向东按第9曲 — 第1曲顺序）附近的武夷宫汇入崇阳溪，盘绕山中15华里，聚合36峰、99岩奇观，峰岩交错，溪流纵横，山狭水转，水绕山行，美不胜收。游客一般由星村码头登竹筏顺流而下，向东划行，享受水中看山的妙趣：水流清澈，掠过浅滩，急浪飞溅，泛游澄碧深潭，波平如镜，尽览两岸百峰竞秀，满载山光水色，心旷神怡。旅游淡季，追求溯源而上更有情趣。

这里，制作旅游竹筏已有300余年历史，传承凝聚当地民间工艺。深秋，采伐、选取直径20厘米左右的新竹，裁成9—10米长，去皮、晾晒后松烟熏烤，将竹筏前头火烤，柔软后弯成弧形，再将新竹摆平，两两捆绑结合固定，十根一组成筏，工序多达十几道，以达到吃水浅浮力大的功效，适应逶迤弯曲、深浅不一的溪道特点。两位船夫各持一根竹篙，分别前后撑船，配合默契；筏上6把藤椅，座位紧凑，青年挽起裤腿赤脚不时踩踏漫水，舒心清凉；老人多稳重欣赏，回味诗意。

竹筏由西端第9曲离岸后启航不久，便可北望看到白云岩，高入霄汉。峰顶白云缭绕，上有云洞、云庵和南宋思想家读书处遗址以及"极乐园"题刻，刚劲沧桑。继续顺流前行，到达第7曲可眺望景区最高的三仰峰（海拔718米），它由地质构造的三列单斜崖组成，高低依次排列，临近仰望蔚为壮观。筏抵第6曲后，可望见晒布岩，因岩石多垂直节理，岩面多有垂直溶沟发育，溶沟平行密布，状如晒布。行至第5曲，可见隐屏、天游两峰前后比邻，巍然、拔地高耸，独出群峰；顶端云雾弥漫，登其巅，观云海，有如上天遨游，故称"天游"，为武夷第一胜地。附近古木阴荫，涧旁题刻纵横，彰显中华古韵。这里，青山，碧水，邻近度假村中心，方便步行览胜。溪中凸岸河滩色彩金黄，映光耀眼，凹岸水深如潭，浅滩与深潭交错分布，滩流湍急，水声呼隆；深潭宁静碧透，两种水流，艰难考核船工技能，也为游客培养搏击溪流的勇气。第 2 曲处的浴香潭邻近玉女峰，矫健挺拔，岩石秀润光洁，峰顶草木参簇，宛如山花插鬓，似亭亭玉立的淑女，侧旁镜台梳妆，又与远方的大王峰遥相呼应，传神达意。

附近更有惊奇：远望九龙窠上一陡峭岩壁上，生长着古老、珍贵的大红袍茶树，两侧岩壁直立，日照短，多反射光，昼夜温差大，岩顶终年有细泉浸润流滴，泉水流经苔藓，营养丰富，茶树叶质厚重，芽头微微泛红，阳光映射，鲜红灿灿，十分显目。这种独特的生境和精品茗茶成为申请世界自然遗产的重要依据；联袂比邻的天心岩，一起共同构筑武夷著名茶区。

茶乡武夷，自元代官府就在第 4 曲南岸专设督制贡茶的焙局，即御茶园，元大德六年（1302 年）初创时，建仁风门、拜发殿、清神堂和思敬、焙芳、宜菽、燕宾、浮光等诸亭，设施俱全；岁月流逝，现仅存呼来泉（即通仙井）遗址，回念茶文化的源远流长。而附近的星村古镇和下梅古村，又成为武夷香茗的集散地和茶径。古色古香的村镇清馨满溢，民风依旧并能找寻明清遗存，抚今追昔。

漫步武夷景区，依恋九曲溪两岸，陶冶文化遗产的魅力：第 5 曲隐屏峰下，为南宋淳熙十年（1183 年）古代著名理学家朱熹讲学处，即武夷精舍，南宋末年扩建更名并于明正统年间改称朱文公祠。朱熹曾在此从事著述、讲学达十年之久，生徒众多，影响深远。原有堂、坞、斋、馆、亭多处，规模较大，惟多圮废。现仅存止宿寮和隐求室的部分建筑，保护修葺。如沿崇阳溪支流东溪溯源到达五夫镇，还可找到朱子故里。名儒朱熹14岁丧父后随母迁居五夫，奋发读书、钻研学术并创立闽学（又称朱子学），成为继孔子之后我国古代思想史上的又一伟人，镇内的兴贤书院、朱子巷及故居紫阳楼等景点记述了古人严谨治学、成绩卓著的历程。

竹筏旅游终点在九曲溪与崇阳溪的汇合口（第1曲附近），上岸可参观武夷宫，宫殿始建于唐朝天宝年间（742—756年），宋、元、明历代更名，清廷赐额"冲佑万年宫"，宋代著名学者朱熹、陆游、辛弃疾及20多位名人曾先后在此主管观事或担任提举奉献祠事。宋、明两代，规模宽敞，殿宇多达300余间，清代中期逐渐倾塌；现仅存道院一座、龙井两口，井按"天圆地方"的构思建成，寓含中国通天入地的哲理。宫院两株千年桂树，清香芬芳。

从这里朝东南下行，可达兴田镇城村汉城遗址，古城为西汉时期闽越王的政治、军事、文化中心，已出土铁、铜、陶器文物数千件，十分珍贵。被誉称"江南第一城"，古老民居、门坊和饮水深井，怀旧以往、历史进益，1996年已被列入第四批全国重点文物保护单位。

回到宾馆外出，可乘坐纵贯城市南北的公交6号线在崇安县城关南端下车，再换乘三轮车前去余庆廊桥（风雨桥），余庆桥跨越崇阳溪，将西侧的县城主体与溪

川岳足迹

水主流中的沙古洲相连，成为闽赣古道的枢纽与万里茶路的起点，桥体竣工于光绪十三年（1887年），体现奉献的民生工程与慈善丰碑。建桥利用当地盛产的杉木，全部木质结构，涂抹南方的桐油，防腐延年。同时，采用中国传统木作工艺，凿眼榫枋结合，相互穿插勾连，形成严密坚固的整体。桥长80米，宽近7米，拱高可达9米，蔚为壮观。风雨桥将长廊、中庭、门楼、虹拱、缓坡桥台等部分构筑一体并用木结构斜撑悬臂分解传递受力、承重。以溪上两台、两墩、三孔为根基，上置亭式长廊，黛瓦披覆防雨防腐。施工不畏运输艰难，外地采购石材，青褐色花岗岩石墩，精心雕砌，建成船形，无惧激流。圮体显露木石本色，淡雅大方，桥面石板、卵石，坚实抗震；古桥两侧伴樟树、溪流，和谐环境，景观自然。历经130余年沧桑，永葆真谛，古雅、庄重。漫步廊桥，赞叹自宋代《营造法式》巨著问世以来，神州大地土木工程的力作伟业。武夷山是为数不多的世界自然与文化双遗产之一，我为你骄傲！

## 广西记忆

1949年1月，为迎接全国解放，按照大行政区，中央开始在平津建立华北人民革命大学，培养干部去接收国民党政府旧员。1949年1月15日天津解放后不久，自己的两个哥哥便怀着投身革命的愿望步入这所红色熔炉锤炼，"华大"完全按延安抗日军政大学的方式生活、学习、操练。当年8月底，学习期满毕业并组成南下工作队前往广西，推动建立新中国的各项事业。毕业与南下欢送会在天津耀华中学礼堂隆重举行，工作队学员坐在楼下，家属安排在楼上。被革命气氛感染的大哥，激动地跑上楼，鼓励父亲能代表家长上台发言。考虑当时的穿着，大哥还专程回家往返30多分钟取来长衫，使父亲更衣正装上台演讲。他说："在座的热血青年都是一页洁白的纸张，天真向上、圣洁而无瑕疵，如白纸，好画最美的图画，容易接受新思想，创造新业绩。"博得阵阵掌声。童年情景，记忆犹新。2017年秋，耀华中学迎来她90周年校庆，我陪老伴专程赴津与会。踏着父辈的足迹，自己也登上这座名校礼堂舞台，高声朗诵革命诗篇，缅怀长辈当年为渡长江、打败国民党部队直倒镇南关的革命豪情。

根据中央安排，出自广西蒙山县北楼村的解放军陈漫远将军负责接应大军南下。蒙山人具有不屈不挠顽强争战精神，太平天国时期，苏元春阻击法军侵略，英勇奋战，可歌可泣……陈将军早年投身革命，参加百色起义，经历反"围剿"后长征到达延安，先后出任中央军委作战室主任和军委二局代理局长，出席党的第七次全国代表大会；解放战争中，他先后任华北军区第一和第十八兵团参谋长和副司令员，参与指挥太原等重大战役。哥哥随南下同志先到桂林修整，熟悉情况，开展工作。1949年11月30日，第四野战军政治部命令在桂林成立军管会，在市人民政府成立之前代行职能，漫远将军出任桂林军管会主任，机构设在原广西参议会旧址（现在市中心的文化宫），哥哥与南下同志在漫远同志的直接领导下政治觉悟和工作能力提高很快并为新政权努力工作。以后，随着广西全境解放，南下同志便抵达省会南宁。

哥哥与陈将军朝夕相处，分手依依惜别；转战南宁后又很快进入1949年12月22日由"四野"新建的南宁军管会，机关设在民生路原广西银行楼上。军管会主任是老南宁（南亭子）人莫文骅中将（1910—2000）。莫将军身经百战、功勋卓著，对南下的北方干部关怀备至，大哥感受很深。中华人民共和国成立初期，南宁军管会面临肃清潜伏匪特，维持治安和恢复生产的艰巨任务。在严峻的敌我斗争中，兄长从天津舒适的生活开始转变为能面对生死存亡的勇敢战士，行走南宁街巷，身后要佩戴手枪，面对土匪、敌特敢于搏斗冲杀。南下工作队和广西地下党配合野战军，肃清隐藏敌匪、清除社会低俗风气，恢复城市正常生活。他们所做的艰苦细致工作功不可没，也迎来大军直捣镇南关（友谊关）、解放广西全境的最后胜利。以后，组建广西军区并在南方筑起一座坚强的战斗堡垒。根据需要，还立即投身抗美援朝战争。1954年3—5月，在广西籍军事家韦国清上将为团长的中国军事顾问团的帮助下，越南武元甲大将率兵奋战，全歼法国殖民军，取得奠边府战役的伟大胜利，为越南摆脱殖民统治建功立业。

　　大哥在津有金融业的工作经历，南下入桂就负责银行业务，在江南多雨泥泞的路上，组成小推车运输队，把成捆印制好的崭新人民币运往各地，参加搬运的同志奋不顾身，用简陋的油布遮盖新钞，无任何私欲，只盼尽快在广西发行流通，替代国民党时期不断贬值的金圆券，稳定市场，取信于民。以后，大哥被分配到中国人民银行柳州分行负责信贷。起初，他献身革命，毅然撇下在津的妻子和儿女，一心南下，以后又将全体家眷接到柳州落户。陈漫远将军的女婿覃北乔（壮族，家乡柳州）先生住我楼上，为人忠厚、朴实，平日与我经常畅谈柳江、指点鹅山秀丽。他在铁路部门工作，负责轨道枕木木材进口，我就帮他用专业词典查阅国外树木的拉丁文学名，鉴别木材属性。我俩非常关心将军家乡蒙山县的发展：自然资源优势与绿色产业、国家生态示范县、全区重点生态功能县、全国最美生态旅游示范和国家园林县城等；听到蒙山将建成中老年养生基地时，更是喜出望外，有找到晚年归宿的感觉。

我曾几次为扶贫攻坚出差广西，第一次正好去大哥当年经常发放农业贷款的三江侗族自治县。到达三江后，我与开发银行的同事一起进行调研，慰问老弱病残；同时，还了解全国重点文物保护单位风雨桥和古老村寨，根据资源禀赋，评估今后发展侗族风情旅游的可能。此外，还考察了河池都安瑶族自治县的山葡萄资源和柳州融安县的桑蚕养殖与亚热带水果北上以及柳江、融水的水资源现状和生态保护情况。自己一直关心广西的生态环境问题，1995年11月5日撰写论文，参加在南宁举行的"经济、林业与环境关系"研讨会并考察北海银滩和沿海红树林资源。参观南宁树木园，根据广西林业资源，展望建成森林公园的可行性。1996年8月6日，承蒙中科院卢耀如院士关心，参加第30届国际地质大会，宣读英文论文，阐述广西喀斯特地貌的景观优势与环境保护问题。退休后，仍然关注广西石漠化地区少数民族聚落与人文景观"申遗"的可能性。

中国共产党一直重视国民党人士的统战工作，新中国成立后，民革领导人李济深先生（梧州龙圩）出任中央人民政府副主席。1965年7月20日上午11点，周总理亲临首都机场，迎接由美国归来的原国民政府代总统李宗仁先生与夫人郭德洁女士；一周内的7月26日，毛主席在中南海又亲切接见他们，肯定李先生在台儿庄战役歼灭日寇的功绩和回归祖国大陆的爱国主义精神。

我中学同学易翔的父亲原籍桂林，1949年在香港参加"两航起义"。原民国期间的中国航空股份有限公司（中航）和中央航空运输有限公司（央航）空乘人员在中国共产党领导下以极大爱国热情毅然回到祖国怀抱并将12架客运、货运飞机分别降落天津张贵庄（11架）、北京（1架）两机场。同时，发挥他们的技术专长又修复了国民党遗留在大陆的16架飞机（C—46型14架，C—47型2架），构成新中国民航初期的机群主体；"两航"人员也成为新中国民航事业的开拓者和奠基人。不少桂籍飞行员及其家属落户天津，在20世纪50年代住房紧张的条件下，天津市黄敬市长亲自过问，专门为他们及其家属在原英租界开辟两处生活居住小区并兴办民航子弟学校。

1969—1978的9年中，天津医疗队对口支援广西，自己同学王津弟的夫人到柳州地区柳城县行医，他则按照所学专业，帮助当地发展机械工业；我的堂妹曾芬和先生陆大夫都学医，被分配到河池市巴马瑶族自治县工作，夫妇俩人行走山寨，为兄弟民族送医送药；他们非常幸运，能很早就在著名的"长寿之乡"饮水、呼吸。

广西既古老又年轻，公元前 214 年，在桂林兴安县开凿灵渠将漓江与湘江联在一起，实现珠江与长江两大水系相通并成为世界古代水利工程的明珠。唐代著名文学家柳宗元于 815 年 6 月被派任柳州刺史，他执着敬业，兴学育人，廉洁自持，为民务实并留下许多不朽诗文。现在，广西立足于与"东盟"陆海为邻，以"一湾相挽十一国，良性互动东中西"的独特区位优势，成为中国对东盟开放合作的前沿与窗口，既是中国—东盟战略合作的积极推动者和深度参与者，更是直接受益者。东盟已连续 22 年成为广西的最大贸易伙伴。今后，广西将持续深化与东盟的经贸合作，续写开放合作的新篇章。广西壮族自治区必将再创辉煌！

## >>> 认识坝上 <<<

　　河北省张家口、承德两个地区所在的坝上是一地理、地貌概念，主要指内蒙古高原地质构造隆起时与华北平原间形成的一个过渡地带并在自然地理学上也呈现渐变规律：暖温带与温带、半干旱与干旱、森林草原与干草原、栗钙土与灰砂土及黑土型砂土的递变。这条自然地理界限大致在蔚县、张家口、赤城、隆化一线以北和汉诺坝、丰宁及围场的塞罕坝、石人梁、宜垦坝一线以北。岩性多为侏罗纪张家口组流纹岩、斑岩构成的坝缘山地，分成坝上和坝下，成为一条重要的地理界限。新生界第三系喷溢的汉诺坝组玄武岩形成坝上高原的熔岩台地。现在行政区划的张家口和承德两个地区，过去分别建制察哈尔与热河两省，张、承两市都曾作为它们的省会。

　　坝上重镇张家口市历史悠久，早在明朝宣德四年（1429年）就形成长城防线上的驻军城堡，雄冠北疆并留有珍贵文物与古代房舍、院落。清代乾隆二十七年（1762年）在此建立察哈尔都统署，其旧址上的清代官衙建筑至今保存完好，已列入第六批全国重点文物保护单位，使她成为明清建筑的博物馆。民国十七年（1928年）又成为察哈尔省省会，她是近代"茶马互市"的必经之路，成为与蒙、俄联系的张库商道的起点和北方陆路商埠。贯通直隶，市内桥西区还保存原京张铁路的张家口车站，现存老站台与候车厅让人怀念1909年9月24日举行通车典礼的盛况，铭记詹天佑工程师依靠中国自己力量修建京张铁路的历史功勋。

上坝必经市区北端的大境门，属全国重点文物保护单位，建于成化二十一年（1485年），城楼巍然谷中，明朝洪武元年大将徐达督兵修补边墙，建立关口；清代筑起城楼，扼守京都北门，成为中国长城的四大关口之一，与山海关、居庸关、嘉峪关齐名。1927年暮春，察哈尔督统高维岳在门楣书写"大好河山"，深究儒学，热爱中华。

坝上北进前往张北县，视野开阔，一片坝上风光。这里位居内蒙古高原南缘，在断裂、桡曲和外营力作用下，形成宽浅盆地与风蚀洼地。原面上内陆湖明镜遍野，沼泽洼滩星罗棋布。阴山余脉几经剥蚀，残丘、岗梁横亘期间。高原波状起伏，辽阔无垠，结构简单。遍地羊草、针茅，颇有风吹草低见牛羊的风情，马蔺、鸢尾、风铃草、石竹与早熟禾等草本将大地打扮得五彩缤纷；丛丛的锦鸡儿、小叶女贞、紫穗槐、荆条、沙棘挺拔苗壮。地被上种类繁多菌类鲜嫩奇葩、清香馨芳，美誉"口蘑"瑰宝。浩瀚的安固里诺尔,是华北地区最大的高原内陆湖泊,如明镜镶嵌在高平原之上,奇光异彩。"安固里"蒙古语是鸿雁之意,"诺尔"(nur),或"淖尔""淖",蒙古语是"湖"的意思,即有鸿雁的湖泊水域。它史称鸳鸯泺,水域10万亩,湖畔草原面积23万亩。这里水草丰美,鹅雁栖息。

坝上的内陆湖结伴比邻,其东部沽源县的囫囵湖也叫库伦淖尔,水面1.5万亩,蓄水3800立方米,水质清澈、风景如画并辟有天鹅湖旅游景区;这里伴依闪电河流域,景观独特即将建成国家级湿地公园,资源禀赋,前景无量;又是候鸟迁徙的驿站,候鸟在此捕食嬉戏,莎草丰盛,鸟兽众多,泉流萦纡。

张北、沽源两县海拔千米,高原清风徐徐、舒展宜人、雍容高雅。自辽、金至元代,蒙古及其他少数民族在此休养生息,游牧立足并在张北县城以北馒头营乡附近留有元中都遗址,跻身元朝四都之一;城郭建于1307—1310年,由内、中、外依次相套,呈三重城组。内城平面呈长方形,四隅有角台并分设四座城门,保存完好,布局清晰,属第五批全国重点文物保护单位。

坝上东北部围场县,全境原为清代皇家御用狩猎场,满语"木兰"为"吹哨引鹿",古称"木兰围场";开辟于清康熙二十年(1681年),当时设围七十二处,此后定期举行秋猎,为清代"秋狝习武,绥服远藩"。乾、嘉定制,"垂为家法":每年中秋以后,选择水草丰盛、野兽众多之处举行，满、汉、蒙古等族王公、台吉等贵族随帝入围。期间，清帝例行赐宴、赏赉，奖励秋猎有功贵族、将士，并通过会盟、封爵、赏赐、联欢等活动密切各民族之间的关系，巩固中央政权。现今，围址大部尚存，如东西庙宫，连营，驻军和战斗遗址；以及多处乾隆、嘉庆御书碑碣，碑文，以诗记事并以满、汉、蒙古、藏四体镌刻。缅怀明君坚持射猎殪虎，驰射如常，驰骋平岗以及"朝家重习武"和"祖制垂奕年"的壮志。

围场北部的塞罕坝，是木兰围场的重要组成部分，蒙汉合璧的语言将它说成"美丽的高岭"，过去林木葱茏，广袤沃野，后经人为破坏，受到沙漠化威胁。自1962年建立机械化林场后，经过近60年来三代林业职工的辛勤耕耘，生态环境向良性转化，林木郁闭并建成国家森林公园。2014年4月，中央授予塞罕坝机械林场"时代楷模"荣誉称号；2017年12月获联合国环境计划署颁发的地球卫士奖。

承德为坝上又一重镇，市区北部的避暑山庄为世界文化遗产，又称离宫。始建于清康熙四十二年（1703年），乾隆五十五年（1790年）年竣工，面积5.6平方千米，前宫后苑，皇帝避喧听政，后苑是皇帝与后妃宴餐娱乐之地，庄内拥有120组风格迥异的园林和几十组单体建筑。同时，适应地形变化，伴以桥涵、亭榭、蹬道、碑刻、摩崖，景观协调。山庄周围建有外八庙（共计皇家寺庙12座，另有几座损毁、有待复原），除国家重点文物溥仁寺遵从汉式寺庙特点外，其他庙宇多彰显不同民族的宗教风格，成为中华民族交往交流交融的历史见证。

坝上是自然地理学中区划单元理论的典型地区，具有独特的景观特色和丰富的历史人文资源，必将成为人们科研、旅游的热点。

# 北京怀柔行

秋高气爽，万里晴空，新型大客车行驶在平坦的柏油路上，两侧绿化树木成长茁壮，京城远郊怀柔山区郁郁绿色植被散发出清新的芳香，由市中心汽车尾气中挣脱出来的人们备感心情无比舒畅。由怀柔区中心沿水系溯源向西北方向前进，一览著名水库上游怀沙河流域的美景佳境：河水碧波荡漾，两岸风景如画，一派和谐昌盛景象。河边漫滩鲜花盛开，碧绿戎梢玉叶，悠悠翠郁，宛如铺盖松软地毯，舒坦娇柔恭候珍惜踩踏的将至宾客。放牧惬意的矫健马群，悠闲自得地摆动着尾巴，沐浴灿烂阳光爱抚的真谛。岸边，周末野营的年轻家庭眷恋温馨，驾车自带帐篷露宿郊野，享受回归自然的悦怡，陶醉天伦乐趣。美丽的怀柔乡土无愧是生态休闲的神奇佳境。

由于热心、精干、充满活力的几个青年人不辞辛劳地做好调研和周密安排，使我们享受了一次别开生面的"农家乐"活动，地点选择在怀柔西北渤海镇洞台村，那里卫生、实惠、朴实、好客，可以反映出怀柔农民办旅游的较高水平。小小村落,方圆适度,聚居井然有序,犹如镶嵌在首都北部山前冲积扇上的一座精灵城堡,无处不散发着京郊山麓的乡土气息。北京秋日以黄金季节召唤市区游人来此休闲,亲身体验田园风光和庄户农舍,唤起人们对回归自然生态的美好向往。用新型建筑材料与各色瓷砖装修的平房整齐错落,屋顶上银白色的太阳能热水器闪闪发光,沐浴舒适。按照北京市的发展规划,早已实现电视传播的村村畅通,村民可以坐在家中收看中央电视台和北京台以及全国各省区的节目。农舍屋顶都架起白色的卫星天线接收碟,仰望碧蓝晴空格外耀眼,尽情捕捉丰富多彩的电视节目,充分显示出社会主义新山区的勃勃生机。300多户的村庄拥有一处规范的卫生医疗中心和小型诊所,全村老少的常见病和小手术可以不出村就地及时治疗,农民安居乐业。一座几十个座位的多功能电影院,业已成为村庄文艺演出和影视传播的重要场所,全村业余文化生活丰富多彩。村中小学宁静祥和,琅琅的书声传播着国学启蒙的新意,活泼的村童礼貌好客,矫健的背影预示着新农村的美好未来。全村中心位置上的小卖部已经建成超市,它以服务农户为宗旨,商业经营非常广泛:食品、百货、蔬菜、五金,应有尽有,种类繁多,陈设摆放井井有条,充分体现农村商业置身农户心间的服务理念。中秋节还可以买到由外地调运来的中小厂商制作的各种月饼,没有豪华的包装,价廉物美。

下榻在一家以"山霞"命名的农家旅店，被褥干净，洗漱方便，共用的太阳能洗澡间，简易实用。农家菜肴丰富多样，因地制宜，就地取材：花椒树叶为蔬菜的可口小炒，诱人的板栗炖肉，金黄色的玉米糁粥，香脆的铁锅烙饼和细嫩的溪水鲜鱼，等等，无不诱惑着远行人们的食欲。

渤海镇洞台村不远处是怀柔风景旅游胜地响水湖，她并不是因一片很大的水域得名，而是由于地处泉水的源头，泉涌飞溅，千米之外便可听到水流的响声，为怀柔第一大泉，因此得名。这是一处以山谷流水地貌为特征的景观旅游区，其规模与走势都远远超过昌平虎峪和香山樱桃沟。在风景旅游区中，由流水切割形成的山谷最能向游人揭示自然界中的地学奥秘：站立谷底，仰望相间排列的不同地质年代的各类岩层，观察受构造运动挤压与褶皱所造成的各种变形，分辨水平和倾斜岩层状态，鉴定花岗岩、砂岩、页岩等的不同岩性。这里，既有流水地貌和透彻溪流下历历在目的河卵石，又有岩石堆积、倾倒与风化、断裂而形成的山奇岩异。加之，水生植物与溪边草甸的青翠碧绿，都为青少年的地学和植物学教育提供了不可多得的良好场所。

如由村庄北部登山，还可从西路攀登到著名的慕田峪长城，极目远望这一世界自然文化遗产：她依山就势，起伏连绵形同巨龙奔走，蔚为壮观，意喻中华民族的刚强与坚不可摧，令人流连忘返。

返程路经距怀柔区中心不远的国际会议中心做短暂停留，回忆当年第四届世界妇女大会在此举行的盛况，展示北京远郊可以承办大型国际会议的成功经验。怀柔无愧于文化底蕴丰厚的生态沃土，今后的重要会议如能在此举行，既可静心研讨，又能避免北京市区的交通拥堵，怀柔大有希望，我们衷心祝福！

三 省市情怀

川岳足迹

## >>> 河南礼赞 <<<

　　海拔1512米的嵩山雄伟屹立，位居中华五岳之中，格外壮丽；黄河之滨，中原腹地，交通枢纽，文明故里。世界文化遗产，彰显民族伟绩。白马驮经，石幢碑刻，祖庭释源，广传东瀛高丽。涉淇顿丘，抱布贸丝，细腻黄土，哺育九州豫地。汴梁城里"清明上河图"，联袂宫廷画师的才艺。20多个朝代建、迁都城，演绎历史长河的轨迹。洛阳牡丹绽放，信阳毛尖清香。兰考泡桐，获嘉白杨，桑梓繁茂，绿叶沃若，温馨家园，生态养怡。中华文明的璀璨明珠，今天经济的栋梁强力。

　　入选联合国教科文组织（UNESCO）世界文化遗产名录，览胜艳丽。龙门石窟，"两山相对，望之若阙"，香、龙山峦，苍松翠柏，伊水清流，窟龛密布，飞天流云，凌空飞舞，布撒花雨，姿态轻盈；碣文题记，质朴古拙；一展中国雕塑艺术的厚久累积。安阳殷墟，流域洹水，小屯村落，城邑宫阙，甲骨刻辞，殷王名谥，盘庚迁都，北蒙殷商，昔日辉煌，铜驼荆棘，考古发掘，坚韧不息，青铜器皿，方鼎龙纹，王族陵墓，瞻其峻极。

全国重点文物保护单位，彰显五千年古国的荣贵。祐国寺塔，巍然挺立，琉璃砖瓦，如铁绀青。渑池会盟，仰韶文化，偃师二里头，领军中华文明探源工程大计。

古今圣贤竞相关注赞美河南。李白、杜甫吟诗颂歌，白居易"龙门翠黛眉相对，伊水黄金线一条"；柳宗元"登嵩丘而垂目兮，瞰中区之疆理"。改革开放初期，于光远同志呼吁河南应有重点高校。如今，郑州大学已跻身211高等学校排行榜。河南师范大学前身的新乡师范学院充满学术气氛，早在20世纪50年代就出版学报，今天的莘莘学子，勤奋钻研，拼搏前沿阵地。以色列人于宋代早就落户中原，河南大学脚踏地利，其犹太研究中心已是南京大学的后起之秀，翻译《耶路撒冷三千年》著作，影响广溢；新建的河南大学郑州校区，传承中华古韵，再现宋代《营造法式》的真谛。解放军国防信息工程大学组合测绘、外语两院，主校区风景如画，进军尖端科技。

春秋时期，晋国音乐家师旷在禹王台的演奏唤起天籁之音：人民艺术家常香玉演唱豫剧，字正腔圆，运气酣畅，韵味淳厚，格调新颖，她的"桃花庵""朝阳沟"余音绕梁、誉满大地。她德艺双馨，义演集资，捐献喷气式战斗机，支持抗美援朝胜利；著名音乐理论家和音乐教育家赵沨，出任中央音乐学院院长，培养青年，桃李天下。河南艺术后继有人：90后女孩孟庆旸领舞《只此青绿》虎年春晚夺魁，她以独步、静待、垂思等舞蹈语汇将北宋名画《千里江山图》的经典传奇娓娓道来，大气磅礴，优雅古韵，已被国务院新闻办公室的"新时代的中国青年"作为典型，宣传到五洲国际。

"医圣"张仲景，广收方剂，完成《伤寒杂病论》传世巨著，确立"辨证论治"中医临床的基本要义。始建于1928年的郑州大学第一附属医院，省、部共建，临床医学获国家"双一流"建设学科，成为具备较强救治能力和较高科研水平与国际交流能力的三级甲等医院，4个院区以"厚德、博学、精业、创新"的宗旨，努力奋进。河南地灵人杰：优秀干部焦裕禄，无私奉献，把脱贫致富摆在工作首位；邓亚萍、朱婷、海霞等，创造出巾帼英雄的业绩。

目前，河南是全国六大经济省份之一，富士康公司FOXCONN产品出口创汇，全省粮食产量可养活3.8亿国人并为茅台酒送粮，小麦产量全国第一。现在，河南是中国的粮仓之一，是隋唐回洛、含嘉两大粮仓难以攀比的；粮食转化加工发展迅速，"思念""三全"成为全国食品生产的主力；全国85%的速冻饺子，75%的汤圆，1/3的方便面和1/2的火腿肠均来自这里，河南已为国家粮食安全、确保全国19亿亩耕地的红线做出了巨大贡献。

黄河养育中原，汉高祖刘邦视母亲河为"国以永存，爱及苗裔"，黄河水利委员会驻地郑州，编辑《人民黄河》杂志，成为继《禹贡》《山海经》和《汉书地理志》等记录黄河古代文献后的重要刊物，掌管水域命脉。黄河河南段多姿多彩，西端，三门峡至孟津，晋豫峡谷，山峒峒以岩立兮，水汨汨以漂激；纵观中国地貌二、三级变化的气势，金灿流水，上迎涛波，水利工程，惠民受益。东端，在兰考东坝头，感叹九曲黄河的最后大转弯，雄伟壮观，冲波逆折之回川，飞湍瀑流争喧豗。中部平川，水文趋稳，丰稼于野，日耕百亩，植乃禾黍，丰收良田，"地上悬河"，蔚为奇观。作为黄河中下游分界线的郑州桃花峪，一地标性建筑横空出世，大桥采用双塔三跨自锚式悬索（Suspension Bridge），两座门式桥塔坚固，横梁耐久，高强度钢丝主缆，牵引万钧之力；已与花园口等黄河大桥联手，贯穿南北通途，打造中国建筑的新姿，构建世界桥梁史上的奇异。

　　作为全国交通枢纽，具备国际先进的铁路编组站，配套完善，服务"一带一路"。陆路中欧班列，在郑州经新疆阿拉山口霍尔果斯开往德国汉堡和比利时列日之后，又有中豫号——新乡到达防城港的线路启用，实现东西南北多线协同，成为"海上丝绸之路""陆上丝绸之路"的无缝衔接承运。高铁发达，运行神速；遵循国际TIR跨境物流公路运输模式，优化升级，实现公路"五纵七横"发展规划。内河航运便利，港口吞吐，码头泊位，集装标箱，作业先进。亘古，伏羲老子依恋周口；现在，这里河运繁忙，让叶氏庄园望尘莫及。新郑机场，联系洲际；客机升空，河南腾飞，中原民众必以磅礴之力奋其雄图。

**参考资料**

1. 刘济宝等：《中国分省系列地图册·河南》，中国地图出版社，2018年1月

2. 国家文物事业管理局：《中国名胜词典》，上海辞书出版社，1981年10月

3. 石毅：《打卡世界文化遗产》，《旅游》，2020年5月

4. 郭锡良等编，王力等校订：《古代汉语》下册，北京出版社，1983年6月

5. 母庚才等：《柳宗元集》，中国书店，2000年1月

# 四
# 高校寄语

以史为鉴
走进燕南
燕大音乐

## >>> 以史为鉴 <<<
——河北大学百年顾念

### 大学起源

一百年前的今天，河北大学前身的天津工商学院（Institut des Hautes Etudes et Commerciales，T'ien-tsin），[注] 由法国耶稣会（Compagnie de Jesus）于1922年出资兴办。大学是一块最能激发人的灵智的天地，早在11世纪初叶，法国教会学校就有国际声誉，巴黎圣母院附设学校，巴黎大学（Universite de Paris）就是从巴黎圣母院的教堂学校演变而来的；加之，修道院教育严谨，继有修道院修士皮埃尔－阿贝拉尔（Abelards. Pierre，1079—1142）于1115年在巴黎圣母院任教，才华横溢，推陈出新，为创建巴黎大学做出贡献。1180年路易七世正式颁布"大学"称号。随着莘莘学子慕名而来，又在圣母院以南的区域形成学府林立的拉丁区（Quartier Latin，大学内通用拉丁语），作为巴黎大学重要组成的索邦（Sorbonne）为法国国王路易九世身边的神父罗伯特·索邦（Robert de Sorbon，1201.10—1274.8）创建（基督教的哈佛牧师 John Harvard，1607——1638 创办了哈佛大学），成为法兰西的精神支柱。13 世纪，托钵修会（Ordres Mendiants）中的多名我（Ordres Dominicains，1215 年）兴办大学，奖励学术研究，学者辈出；方济各（Ordres Franiscains，1209 年）同样重视学术与文化教育，人才济济。作为欧洲两大主流学术方向，巴黎大学与意大利博洛尼亚大学（Universita di Bologna）都可称为"欧洲大学之母"（Alma Mater Studiorum）；进而，带动了 1167 年的牛津大学和 1209 年的剑桥大学。因此，欧洲历史悠久的名校都带有修道院领先的痕迹。河北大学出版社于 2001 年 11 月出版由万俊人教授主编的清华大学哲学研究系列，其中，田薇教授的《信仰与理性——中世纪基督教文化的兴衰》对天主教兴办大学更有精辟论述。而后，耶稣会继续传承前辈修会的宗旨，以办学为己任，1425 年让-斯唐东克（Jan Standonck），先建鲁汶大学（Universite Catholique de Louvain），1492 年又在巴黎兴办蒙泰居学院（Montaigu）。另外，1551 年，教宗在意大利建罗马学院即后来的额我略大学（Pontificia Universita Gregoriana）。在中国，1565 年（明嘉靖四十四年）果阿耶稣会在澳门建立圣保罗学院，它也是远东最早的西式大学，现在澳门的著名景点大三巴牌坊，就是学院所属教堂烧毁后存留的前壁，培养了徐光启等著名学者。1682年格莱孟学院改为路易（路易十四）学院。1850年在上海创办徐家汇公学，1903年受耶稣会支持由国人修士马相伯神父在上海创办震旦大学（Universite L'Aurore，复旦大学前身）；为南北布局合理，继震旦之后，1921年，耶稣会就在天津兴办工商学院，这些已被载入当代法国著名历史学家若望－拉库蒂尔（Jean Lacouture）在耶稣会会祖诞生500周年之际撰写百万字巨著《耶稣会会士》（*Jesuites*）所附的"耶稣会五百年史年表"中，载入史册，为世界知晓。2013年3月5日，国务院公布将天津工商学院具备梦莎式屋顶的主楼列入第七批全国重点文物保护单位。

## 地学优势

天津工商学院于1945年4月成立史地系。早期的工商学院校园具有很好的地学研究环境。法国地质学专家桑日华（Emile Licent，1876—1952）与德日进（Teilhard de Chardin，Pierre，1881—1955）以工商为驻地在我国从事地质和古生物考察并对我国北方第四纪地质中泥河湾组沉积与萨拉乌苏祖地层研究，参加北京猿人头盖骨挖掘并做出杰出贡献。他们发现大量的岩矿和古生物化石标本，有利地理学教育。这些珍贵标本都存放在学院主楼一侧的北疆博物馆（现在天津自然博物馆的前身）并开创近代中国博物学的先河。此外，主楼大厅内悬挂耶稣会士南怀仁（Ferdinand Verbiest，1623—

1688）绘制的巨幅《坤舆全图》（现为河北大学图书馆的镇馆之宝），附近摆放的先进地震仪器也开拓了学生的地学思路。

  工商学院史地系发展到以后的地理系又拥有鲍觉民、景才瑞、刘遵海等一批优秀师资；约请燕京、北京大学教授并中科院侯仁之院士和原圣约翰大学（后合并改称华东师范大学）的李春芬教授等莅津授课。同时，还有地质学家翁文灏作为校董以及张相文先生在天津创建中国地学会的历史根源。作为深受法兰西文化教育影响的工商学院地理学科完全可以如鱼得水般地学习法国地理学研究成果与高等教育水平。法国拥有世界知名的地理学家，如维达尔－白兰士（Paul Vidal de La Blache，1845—1918），白吕纳（Jean Brunhes，1869—1930），马东（Emmanuel de Martonne，1873—1955）等。我国著名地理学家胡焕庸教授（1901—1998）于1926—1928年到法国留学，攻读于法兰西学院（L'Institutde france）和巴黎大学。胡老学到法国地学的真谛，回国将其学识用于中国实践并提出了著名的"胡焕庸线"指导祖国自然区划和生产建设。第二次世界大战以后，年轻的法国地理学家让－弗朗西斯－格拉维耶（Jean Francois Gravier），著书《巴黎与法兰西沙漠》出版（*Paris et Desert Francais*）于1947年出版，引起法国政府对大批项目集中巴黎弊端的关注并着手领土整治（Amenagement du Territoire）。20世纪80年代初，我在国家计委国土局工作期间就曾聘请这方面的法国专家来京授课，借鉴他们的经验并着手京津唐地区的国土规划，现已成为京津冀协同发展、北京副中心建立以及正在制定的国土空间规划的先行，同时也是对苏联专家1951年毁坏北京古城方案的亡羊补牢。

步入20世纪50年代，由于院校调整和其他因素，造成一些经验丰富、学识渊博师资的流失；同时，照搬苏联教育体制，地理系课程均以卡列斯尼克、格拉西莫夫、贝尔格的理论为主，批判西方地质成土理论而强调生物发生学，反对统一地理学和人地关系，自然地理与经济地理分家。外国语教学先入为主地钻进斯拉夫语系，而忽略拉丁、罗曼语系的捷径。改革开放后，不少高校的中年师资颇感外语水平的力不从心，酿成终身遗憾。

经历20世纪50年代原址在马场道的天津师范大学地理系，发展至1960年夏季成立河北大学地质地理系，又于1962年暑期并入天津师院（以后升格为天津师范大学）地理系，自己作为合并后地理系首届本科生入学时曾参观岩石标本室，缅怀原法国学者在华野外考察岩层取样的艰辛；今日庆典，抚今追昔顾念河北大学，自己感同身受。

2011年10月，自己携家属旅游到访美国东部"常春藤"IVY League知名大学，感触颇深：如果我们东部沿海一些高校不受"文革"干扰、调整，也会形成自己的"常春藤"，它们也一定会茁壮成长。

四 高校寄语

[注]工商学院发展，在具备工、商、文三院十系的办学规模后，于1948年10月4日建院25周年时升格为津沽大学，1952年院系调整，津大撤销，工学院和商学院分别并入天津大学和南开大学，文学院改为师范学院，1958年6月扩建为天津师范大学，1960年夏季改为河北大学，1970年11月迁至河北保定，马场道原工商学院旧址改建天津外国语学院（即今日的天津外国语大学）。

## 参考资料

1. 赵天鹭：《天主教在华高等教育事业研究——以天津工商大学为例》，《天主教研究论辑》（第十一辑，2014，赵建敏主编），当代中国出版社，2015年3月

2. 田薇：《信仰与理性——中世纪基督教文化的兴衰》，清华大学哲学研究系列，万俊人主编，河北大学出版社，2001年11月

3. 若望－拉库蒂尔 Jean Lacouture：《耶稣会会士》Jesuites 所附的"耶稣会五百年史年表"，张依纳编译，上海光启社，2009年11月

4. 编委会：《世界历史词典》，上海辞书出版社，1985年12月

5. 周立三、李旭旦等：《地理学词典》，上海辞书出版社，1983年12月

6. 欧内斯特－伯登：《世界建筑简明图典》，中国建筑出版社，1999年10月

7. 薛建成等：《拉鲁斯法汉双解词典 LAROUSSE compact》，外语教学与研究出版社，2001年8月

8. 张寅德：《新法汉词典》，上海译文出版社，2013年1月

9. 新华通讯社译名室：《法语姓名译名手册》，商务印书馆，1996年12月

## 》》走进燕南《《

北京大学校园内的燕南园是一个引人注目的地方，在绿树成荫、草坪繁茂、宁静安谧的田园般的小区，曾是北大马寅初、周培源、张龙翔几任校长的府邸，也是学术大师冯友兰、王力、侯仁之等潜心研究的寓所；还可回顾吴文藻、谢冰心伉俪的相濡以沫和朱光潜教授的美学魅力。至今，这里仍然散发着严谨治学与书香满溢的浓厚气氛，激励志士仁人慕名前往，驻步观赏，流连忘返，抚今追昔，怀旧创新。

### 思 绪

1952年9月，全国院系调整，北大由初创于东城的沙滩迁至海淀的原燕京大学校址，此前，燕南园是燕京大学 Yenching University 的教师宿舍区，她是现今西校门以东轴线上燕园至未名湖的原燕大主校区（第五批全国重点文物保护单位）不可分割的配套设施。创办人司徒雷登（John Leighton Stuart）、校园设计师亨利墨菲（Henry Killam Morphy）以及中国建筑师吕彦直（设计中山陵，留学康奈尔）和李锦沛（留美建筑院校毕业后，又在麻省理工大学、哥伦比亚大学进修）。这片宿舍建筑群风格不同于燕京大学教学区的草陌式校园布局：以中央草坪为核心，建筑三面围合，同时移植中国古典建筑的大屋顶（伴以灰瓦红柱，石造台阶，浅色墙面，檐下斗拱梁枋，施以彩画）。而是采用美国乡村建筑模式，即西部条木式风格（Western Stick style），体现田园风光与拓荒精神。这种北美风格的设计理念可使校内外籍教师在华获得宾至如归的舒适之感，消除客居他乡的陌生；而且，为他（她）们提供一个社交活动场所，可以切磋学术、业余休闲、漫步、缓冲、思考，同时这也符合司徒雷登建校4项目标中的第3项："要使燕大既有一个中国式的环境，同时又具有国际性，能促进国际间的相互了解。"（资料显示，1919年燕大29名教师中，中国籍4名；1934年110名正副教授中，外籍44名）。这种中西兼顾的二元结构建筑布局与主、辅设施配套，早在1918年利用洛克菲勒基金建立协和医学院（东单三条）和东城区帅府园协和医院以及外交部街59号协和医院别墅区（专家宿舍，1921年建成）时就有实践。

## 建　　筑

18世纪末至19世纪初，欧洲建筑界兴起风景如画主义（Picturesque），倡导回归自然、田园、村落，并于

1790—1810年间出现农舍建筑书籍出版风行,这也诱导18世纪后期美国乡村同类建筑兴起的热潮。美国西部后起之秀的高校逐步远离东海岸"常春藤盟校"(the Lvy League)的罗马、哥特、都铎式校舍建筑的复杂与耗资,向着普及、简约化发展。早在1902年,伯克利大学学院路2243号建筑(悬出式的削边山墙屋顶)就体现出一种棒式、小舍建筑风格(Stick and Chalet styles),与上述情形大体雷同。欧美的建筑风尚传递到中华,民国时期,平津两市也出现类似形式:如北京灯市西口原公理会教堂(Congregational Church),20世纪70年代已被拆毁,因其坚固甚至使用炸药,后改建为盈利的高档宾馆的牧师楼和女子中学小楼(20世纪50—60年代,曾一度作为保加利亚驻华使馆),原通州华北协和大学(作为新建燕京大学的一支)牧师楼(现潞河中学女教师宿舍)和天津租界区的英国侨民医院、乡谊俱乐部及原民国市长官邸(已拆毁)。

1. 早先,建设燕南园宿舍区具有充足的建设用地资源,空间宽敞环境贴近自然。为建成燕京大学海淀新校址,1920年,经交涉,司徒雷登只花了4万元就从陕西督军陈树潘手中先购得"肄勤农园"(勺园)土地240余亩;以后,又不断奔走,总共在海淀一带购得土地700多亩,燕大陆续建成88座大小建筑物(燕南园现存16栋小楼,占地48亩),教学楼和教师宿舍建筑均有充分空间、余地,这也是现今中国音乐学院(健翔桥北)、北京工商大学（马神庙）等高校望尘莫及的。

同时，还多方筹款。继承铝业大王遗产、获得洛克菲勒津贴及其他捐款，据不完全统计，1921—1937年间，燕大仅从这两家财团所获赠款就达400万美元，施工营造具备充分资金保障，教学区与教师宿舍区发展得心应手。1921年破土动工，1926年夏竣工，1928年迁入新址。美国高校很早就非常重视校园空间环境，即使后来，美国对大学校园空间要求也一丝不苟。1971年，斯坦福大学曾选址法兰西山拟建225栋两层联排住宅，虽然保留50%的土地作为景观园区，但出于董事会对不断缩减的开放空间表示忧虑而被否决。

因此，燕南园内草地广布，绒绿毯地，树木繁茂，荫蔽舍寓，油松苍劲，垂柳袅娜，国槐乡土。玉簪洁白，串红争艳，月季碧桃，丁香紫薇，绿篱黄杨，幽径蜿蜒，方格铺砌（checkerwork），联络惬意。加之，隐垣浅沟，融入周围。其间，零星中国碑石，别有情趣；纵观校园南北轴线，燕南园再现了中国传统院落的前厅后寝。宿舍区鸟语花香，成为与主校区遥相呼应的世外桃源，生活温馨、凝聚人心。

2. 最典型的西部条木结构stick住宅亦称高架村舍小屋（raised house），它基本上代表了燕南园宿舍住房。两层小楼并设半地下室，装置小型锅炉供热；同时，设壁炉，燃烧中国宁夏的优质无烟煤，暖意融融。燃气统一由屋顶较高的烟筒排出，呈不对称性（Asymmetry）。楼层中间突显束带层（belt course），如士兵腰带，振作精神。正面为三连拱的门廊，以蔽骄阳，"屋必有廊，廊必深邃"。这种连券式门廊，由4根柱体支撑，券腹、券墩、券底，清晰可辨。门洞采用拱形券式，券顶成半圆拱，置楔形块体和拱石，楔石挤砌，避免简单过木，细部考究精良。门上装有门斗，典雅大方。屋顶坡度适中，权衡朝阳性或日照、采光（sky factor）；适当开凿低矮老虎窗（eyebrow dormer），充分利用顶层房间。屋顶上现屋脊、屋谷（hip and valley），排水通畅。屋顶下桁架（heng）支撑，中柱或双柱。屋顶铺瓦，用搭接方式黏粘土屋面瓦（shingle tile）、波形瓦（S形瓦 S-tile 及平放的S形瓦 pantile，边缘有小突棱，以便固定在挂瓦条上）。突显露明屋檐（open cornice），屋檐与侧墙间安装线脚（bed molding）与山墙封檐板（bargeboard）。复折式屋脊末端设带有侧壁（dormer cheek）的老虎窗。山墙上成双开窗，正如墨菲作品的特点，墙面不强调竖向构图，采用简单的矩形开洞，成一对双窗，装饰很少，取消屋顶与墙身之间的过渡层，更接近现代建筑处理手法，有效控制造价，也是这一设计获得认可的重要方面。墙体全部使用我国历史悠久的土窑烧制灰色黏土砖（clay brick），砌砖水平灰缝（bed joint），色调与京城和谐。加之，中国工匠精心施工与监理，宿舍坚固久长。各栋住宅专设后庭院，相对独立，生活安康，有利于陶冶情操。

3. 美国自20世纪初受美术和手工业运动影响（Crafts movement），时兴工艺美术风格（Craftsman style），内部装饰精良。安装上悬窗（awning window）或是平开窗（casement window），镶嵌玻璃，窗棂（bar）精致，窗扉启合灵活。安装方格嵌板门（panel door），中间的铜把手，厚重坚固。室内墙壁均有护墙板（clapboard，bevel siding），铺装条形地板拼接，墙根有踢脚板（skirting board）。住宅上下两层间楼梯采用封闭式斜梁楼梯（closed string stair）或探头踏步板（tread return），楼梯至2层卧室前，辟有过厅，缓冲回旋。木材全部由美国本土进口优质花旗松（北美黄杉，*Pseudotsuga menziesii*）经严格干燥和防腐处理，经历百年考验。

## 建 议

20世纪50年代以来，燕南园缺乏物业与管理不善致使经典建筑群屡遭摧残，绿地草坪和篱卉径灌遭到严重破坏；防盗门、铁栏杆与棚户化的无度搭建使木架、农舍、田园风格消失殆尽；虽有个别维修、装饰，也只能是偷梁换柱、面目全非。因此，复兴、回归当年风貌刻不容缓。

改革开放后，我国注重国外特色建筑风格：原天津工商学院（现天津外国语大学）具有梦莎屋顶（Mansard Roof）的主楼，连同原英租界的30多栋经典住宅楼已被列入第六或第七批全国重点文物保护单位；原上海沪江大学（现上海理工大学）以哥特建筑（Gothic）为主的校舍已被列入第八批全国重点文物保护单位。北大"未名湖燕园建筑"已于2001年6月25日被列入国务院公布的第五批国家重点文物保护单位（批文包括男女学生宿舍）。那么，具有目前国内少见和有西部条木结构的美国乡村住宅建筑（west sticks style），并已成为我国多位文化、教育名人故居的燕南园，即原燕大教师宿舍区理应根据国务院关于"与现有全国重点文物保护单位合并项目的通知"（国发［2001］25号）精神纳入国家重点文物保护单位，趁此升格，以利修复、保护。同时，学习借鉴此类建筑风格也适应于我国当前的乡村振兴热潮，意义深远。

**参考资料**

1. 360百科：《美式乡村风格》

2，冯刚、吕博：《中国文化交融下的中国近代大学校园》，清华大学出版社，2016年2月

3，国家文物局、中国文物报社：《中华文明遗迹通览》，第五批全国重点文物保护单位518处，上海古籍出版社，2002年8月，第69页

4．［美］西里尔·M.哈里斯：《建筑与建筑工程辞典》，中国建筑工业出版社，2012年10月

5．哈维·海尔凡：《加州大学伯克利分校人文建筑之旅》，上海交通大学出版社，2011年6月

6．理查德·约卡斯等：《斯坦福大学人文建筑之旅》，上海交通大学出版社，2010年1月

## 》》 燕大音乐 《《

我国学界泰斗蔡元培先生，于民国元年（1912年）将德文 Asthetische Erziehung 美育一词翻译介绍到国内；蔡老于1916年12月被任命为北京大学校长后，亲自讲授美育课程，1920年3月又创办国内第一份音乐刊物《音乐杂志》，并于1922年10月在北大附设音乐传习所。

2016年9月4日，习近平总书记在G20峰会欢迎宴会致辞中说："140年前，1876年的6月，曾经当过美国驻华大使的司徒雷登先生出生于杭州，在中国生活了50多年，他的骨灰就安放在杭州半山安贤园。"司徒雷登先生（John Leighton Stuart）热衷教育，于1916年创办燕京大学（Yenching University），1919年1月出任校长，1926年将燕大搬入北京海淀新址（现在北京大学），他同样注重美育并于1922年在燕大设立音乐系。

苏路德女士（Ruth Stahl）是燕大音乐系的奠基人，担任第一届系主任（1923—1927），她主要教授钢琴课程，知识渊博，教学认真负责，对学生严格要求又体贴入微，直至1948年初退休返回美国，终身未嫁。

范天祥教授（Bliss Michell Wiant，1895—1975），是第二任音乐系系主任（1929—1940，后因日本的太平洋战争而停办），1923年8月，他携新婚妻子Mildred Wiant（中文名字范敏德，为优秀的女高音，在校义务教授声乐，夫妇俩热爱中国，在华出生的三子一女全都用中国姓名）来华。1925年3月，范教授为孙中山先生的葬礼担任钢琴伴奏，他在华从事教学工作长达28年，期间，曾回美国读研，分别完成硕士与博士论文《中国复调音乐创作的可能性》和《中国音乐的文化特点与功能》。1951年4月21日离开中国大陆。以后，仍然继续在中国台湾、香港地区和美国本土讲授中国音乐，还在俄亥俄州立大学专门设立研究中国文化的教授席；1975年10月去世后，将自己的中国艺术珍藏献给该校图书馆。

第三任音乐系系主任许勇三教授（1937年毕业于燕大音乐系，1940年获美国密歇根大学音乐学院硕士学位，1958年中央音乐学院由津迁京后，留在天津音乐学院任作曲系主任），1945年抗战胜利恢复燕大音乐系后任职，直至1952年被终止停办。

在音乐系第二任期间，范天祥先生与燕京大学国际知名学者赵紫宸教授（1888—1979，国外姓名为T.C.Chao）合作，于1931年2月编辑出版《团契圣歌集》，由赵老翻译歌词，范天祥先生配四声部和声，歌词翻译现古体诗词、绝句、文言与白话合参或纯粹白

四 高校寄语

话文，词汇流利，用字审慎，押韵自然，向为评者称道。1931年出版124首，1933年再版增至155首，歌词大都出自欧洲名家之手：英国诗人约翰·弥尔顿（John Milton，1608—1674）代表作"失落园"和英国改革家、卫理公会创始人约翰·卫斯理（John Wesley）的兄弟、多产诗人查理·卫斯理（Charles Wesley），德国启蒙运动作家A.J.M史密斯·盖勒特（Christian Frchtegott Gellert，1715—1769）和英国教育家纽曼（J.H.Newman）等。

"圣歌集"的作品曲调大多选自J.S.巴赫、亨德尔、海顿、莫扎特、贝多芬、门德尔松与格里高利圣咏（Gregorian Chant，亦称素歌，Gregory I, St.the Great, pope，590—604）、马丁路德（Luther Martin，1484—1546，作为宗教改革家，他酷爱音乐，认为音乐甚至高于神学，崇尚复调演唱，作品有拉丁文与德文的弥撒曲）；除这些音乐大师外，作品中还包括不少其他知名音乐家的乐曲（见附录）。

与此同时，他们继续合作，面向普通民众并采用中国传统民间曲调于1931年5月又编辑出版《民众圣歌集》，共计124首。改革开放后的1983年3月，我国出版的《赞美诗·新编》就从《民众圣歌集》中挑选了几首，以彰显赞美诗音乐的民族化。其中，第30首"天恩歌"采用在我国一些地区广为流传的"锄头歌"，第31首"慈悲之父歌"，采用中国传统曲调"孟姜女"，第

43首"尊主歌",采用中国汉族民间曲调,第59首"圣洁歌"采用如梦令,第101首"我有主歌",采用我国传统"船夫号子"中的《江上船歌》,为长江三峡中船工拉纤时所唱的"纤歌",体现他们在平稳江面上的紧张劳动与乐观、自豪、坚韧勇敢的性格;经范天祥用五线谱记录并配以和声,其低音部似乎可以听到船夫用力向前的沉重脚步声,此曲于1965年由范先生译成英文歌词在美国出版。第138首"恭敬赞美歌"采用中国普陀山佛教庙宇中僧人诵经时的曲调,韵律特殊,为国外同类音乐所罕见并很早就流传西方。1987年秋,有中国同行访问西德听到此曲,德国人专门注明它为中国古曲。第184首"收成感谢歌",源自中国孔庙祭孔时的音乐"大成乐章"中的一段"宣平",其中还有舞蹈曲。第202首"播种比喻歌"是20世纪40年代河北一带流行的民歌,第204首"时常自修歌"采用了北方汉族民歌。

另外,1931年,由中华总会发起联合七八个国内团体在燕京大学音乐系的协助下,以原有的《颂主诗集》为底本,经过4年的努力于1946年完成空前巨著《普天颂赞》,共计包括歌曲512首,到1948年共计印刷47次、发行43.6万册,实现了中国赞美诗歌曲规范的统一(Ecumeni Hymnology in China)。

此后,赵紫宸教授继续作词,由同时具备清华、燕京两校学历的张肖虎教授作曲,完成清唱剧"节日赞歌"（*Oratorio*）并于1944年隆冬在天津东马路青年会礼堂举办冬赈济贫义演，当时女高音声部的青年郭淑珍和乐队伴奏的小提琴手隋克强，以后都成为中央音乐学院的资深教授。在我国为数不多的清唱剧作品中，作曲家黄自（1904—1938）于1932年夏创作了"长恨歌"；1953—1954年上海音乐学院马革顺教授又创作了"受膏者"；从此，缩短了我们与国际音乐界的距离。

燕大音乐系不仅为公众奉献了大量优秀的合唱作品，同时，还有一个素质很高的合唱团：在范天祥教授的指挥下，可以在贝公楼（以柏赐福命名，Bashford, James Whitford, 1849—1919，现在的北大办公楼）礼堂，驾驭巴洛克时期（Baroque）难度很大的亨德尔（G.F.Handel）的"弥赛亚"（*Messiash*），勃拉姆子（Brahms Johannes, 1833—1897）"德意志安魂曲"（*Deutschland Requiem Ein*），连同乐队，规模可达150人左右，成为当时北平15个合唱团中的佼佼者。

声乐也在音乐系人才辈出。中央音乐学院沈湘教授于1940年考入燕大，主修英文，副修音乐并在范天祥夫人范敏德（Mildred Anty）的帮助下，美声唱法bel canto提高很快；因对日战争，他曾一度转入上海圣约翰大学继续深造。并于1944年，年仅23岁的沈湘在上海兰心大戏院举办独唱会，轰动社会。改革开放后，他潜心声乐教学并使自己的学生能在国际大赛的不同声部上获奖（如梁宁、迪里拜尔、范竞马等），创造我国声乐教学的奇迹。同时，燕大也培养了茅爱立这样的旅美华裔女高音歌唱家。另外，音乐系的师生还能胜任清唱剧中的独唱角色，男高音刘俊峰、男低声部齐耐群，范天祥教授夫人唱女高音，施美士夫人（Ms.E.K.Smith）担任女低音。此外，燕大郑少怀先生一直担任创作歌曲的视唱工作。

燕大音乐系钢琴教学师资力量很强，除范天祥教授外，燕京大学女部主任桑美德及高科弟（Curbs Grimes）、葛威廉等都任课并较早地为国内培养了一批钢琴人才。刘金定女士，出生于美国旧金山的华侨家庭，1932年随父母寓居天津，1935年入燕大音乐系主修钢琴，她的老师是音乐系的奠基人苏路德女士（Ruth Stahl）；同时，苏老师还培养了李菊红、程娜、刘培荫等，以后成为中央音乐学院的骨干。刘金定女士1939年5月8日晚间在贝公楼礼堂举办毕业音乐会，演奏莫扎特的C大调"幻想曲与赋格"（K394，1782），贝多芬的E大调第三十号钢琴奏鸣曲（Sonata opus 109，1820）和麦克·道威尔（Mac Dowell Edward）的"音乐会练习曲"（One of Virtuoso Etudes）。她还是幼儿学琴的启蒙老师，钢琴家刘诗昆3岁向她学琴，亲切地称她"姑姑"；自己的弟弟刘畅标，7岁坐在大姐的腿上练琴，1947年考入燕大音乐系，他毕业音乐会的曲目是贝多芬的"黎明"奏鸣曲，第21号，C大调，op.53；肖邦的三首练习曲 Chopin's Etude，op.25；拉赫玛尼诺夫的第二钢琴协奏曲（简称"拉二"）并由葛威廉协奏〔William Gilkey，从著名的茱莉亚音乐学院（Juilliard School）毕业〕，以后，刘畅标一直在西安音乐学院从事钢琴教学，辛勤耕耘，桃李天下。

民国时期，燕京大学的钢琴教学和影响可与上海国立音专北南遥相媲美。那里，有两位白俄罗斯钢琴家：查哈罗夫，（B.Zakharroff，1888—1943），于1929年10月到国立音专任职，从事教学15年；齐尔品（Alexander Tcherepnine，1899—1977），1934年4月到上海，教授钢琴至1938年春。

燕大音乐系还注意聘请专家授课。杨荫浏（1899—1984），生于无锡，精通国乐，又与美国传教士郝路易（Louist Strong Hammond）女士学习钢琴和乐理，在近代音乐学领域，堪称"大师级"学者，出版《中国音乐史纲》等专著。据国外统计，他一生发表的音乐文献达106项之多。1936—1937年他应邀担任哈佛燕京学社音乐研究员并在燕京大学音乐系讲授中国音乐史，在《燕京学报》第21期曾发表他的论文"平均律算解"；1953—1966年，他先后担任中央音乐学院音乐研究所（后归属中国艺术研究院）副所长、所长。同时，燕京大学音乐系还聘请马思聪、张权等专家来校讲课。

总之，燕京大学音乐系在近代中国高等音乐教育史上的作用举足轻重。纵览她的兴止经历，感悟、启发颇深：先贤无私奉献，痴心办学，多方筹措，集资教育。

音乐美育，寓教于乐，严格要求，师资德才双馨，爱人如己。精心设计校园，铭记建筑设计师对燕园（北大）、清华园、天津工商学院主楼（梦莎式屋顶 mansard roof，现在的外国语大学）等的贡献，使之成为国家重点文物保护单位。

**附录：《团契圣歌集》中的其他音乐家**

1. 巴恩比·约瑟夫（爵士），J.Barnby. Joseph（1838—1896），英国管风琴演奏家、指挥家、作曲家，他曾做过最好的公众音乐服务；经常演奏巴赫的《约翰受难曲》并指挥德沃夏克（Dvorak, Antonin）《圣母悼歌》（*Stabat Mater*）在英国的首演，介绍了瓦格纳（Wagner, Richard, 1813—1883）帕西发尔（Parsifal）的音乐会。以后，出任伊顿公学唱诗班乐长和市政厅音乐与戏剧学校校长。

2. 戴克斯·约翰·巴克斯（Dykes John Bacchus, 1823—1886），英国教堂音乐作曲家，有名的《古今赞美诗集》（*Hymns Ancient and Modeern*）第一版（1861）就收入了他的60首赞美诗作品。

3. 克罗夫特·威廉（Croft. William, 1677—1727），英国作曲家，1713年被牛津大学授予博士学位。他是《团契圣歌集》中"千古保障歌"（*O God our Help in Ages Post*）用"圣安妮"（St.Anne）赞美诗曲调的作者。

4. 斯马特·乔治（Smart Geoge，1776—1867），英国指挥家、作曲家、管风琴家和小提琴家，为王室教堂音乐团伴奏，还组建爱乐乐团。

5. 克吕格·约翰内斯（Cruger. Johannes，1598—1662），德国作曲家，圣咏队主唱，柏林圣－尼古拉教堂管风琴师，1644年出版赞美诗曲调集，以后，J.S.巴赫曾从中采用谱写众赞歌曲。

6. 佩因·约翰·诺尔斯（Paine John Knowles，1839—1906），美国作曲家、管风琴家，1862年担任哈佛大学讲师，1875年成为美国第一位音乐教授。

7. 格鲁贝尔·弗朗茨－克萨韦尔 Gruber. Franz Xaver，1787—1863），奥地利作曲家，创作了圣诞颂歌"平安夜"（*Stille Nacht，heilige Nacht*）。

8. 帕莱斯特里那·乔瓦尼－皮耶路易吉－达（Palestrina，Giovanni Pierluigi da，1525—1594），意大利著名音乐家，出版自己创作的作品16本，并为梵蒂冈西斯廷教堂（Cappella Sistina）唱诗班培养人才。

9. 帕克·霍雷肖（Parker Horatio，1863—1919），美国作曲家、管风琴家，耶鲁大学音乐教授、院长，创作多部音乐作品。

10. 戈特沙尔克·路易斯－莫劳（Gottschalk Louis Moreau，1829—1869），美国钢琴家、指挥家、作曲家，他在欧洲的钢琴首演曾受到肖邦的称赞。

11. 萨利文·阿瑟（Sullivan Arthur，1842—1900），

英国作曲家、指挥家、管风琴家,作品广泛,曾任皇家音乐专科学院作曲教授。

12. 华莱士·威廉(Wallace William,1860—1940),苏格兰作曲家,曾创作英国最早的交响诗作品,任皇家音乐专科学院教授。

13. 冈特利特·亨利－约翰(Gauntlett. Henry John,1805—1876),英国管风琴作曲家,格里高利圣咏专家,创作赞美诗曲调达几千首之多。

14. 巴泰勒蒙·弗朗索瓦－伊波利特(Barthelemon Francois Hippolyte,1741—1808),法国小提琴家、作曲家,是海顿的密友。

(因笔者缺少格罗夫音乐和音乐家词典(*Grove's Dictionary of Music and Musicians*),可能会有一些音乐家未能辑入)

**参考资料**

1. 燕京研究院,执行主编:李维楠、蔡良玉、梁茂春:《赵紫宸圣乐专辑》,商务印书馆,2013 年 10 月
2. 王神荫:《赞美诗(新编)史话》,中国基督教协会,1994 年 5 月,(92)国宗发 279 号
3. 燕京大学北京校友会:《燕大校友通讯》,第 80 期,2017 年 11 月;第 85 期,2020 年 1 月
4. 娄雪玢:《燕京大学的音乐教育及其启示》,《艺术评论》,2011 年,第 1 期
5. 刘再生:《中国近代音乐史简述》,人民音乐出版社,

2009年7月

　　6.陈建华、陈洁：《民国音乐史年谱（1912—1949）》，上海音乐出版社，2005年5月

　　7.迈克尔－肯尼迪、乔伊斯－布尔恩编，唐其竞等译：《牛津简明音乐词典》，第四版，人民音乐出版社，2002年9月

　　8.杜友良：《简明汉英、英汉世界宗教词典》，中国对外翻译出版公司，1994年2月

　　9.徐以骅：《教会大学与神学教育》，福建教育出版社，1999，11

　　10.顾长声：《传教士与近代中国》，上海人民出版社，2004年7月

　　11.上海音乐学院音乐研究所，汪启璋等编译，钱仁康校订：《外国音乐辞典》，上海音乐出版社，1988年8月

　　12.李焕之等：《当代中国音乐》，当代中国出版社，1997年7月

　　13. Owen Watson. *Longman Modern English Dictionary*，1968

# 五

# 各地采风

- 对地观测卫星的中国之路
- 荷兰城市化报告摘要
- 古城都灵
- 建筑赏析
- 受益民盟
- 怀念作礼
- 欢聚美斋
- 赫尔辛基
- 抵达苏黎世

# >>> 对地观测卫星的中国之路 <<<

人造卫星对地球表面观测、获取信息是人类应用空间科学技术成就的重要组成部分。星载传感器通过遥感技术对地表无接触的远距离探测，凭借地物光谱和要素的反射、辐射及它对电磁波的吸收，形成图像或信息记录，捕捉地壳表层各自然要素的动态趋势和变化特征。进而监测环境与生态系统，跟踪全球变化，发现自然资源；推进农林普查，绘制地图与更新，促进环境保护与生物多样性，保障气象预报，等等。其应用范围与日俱增并已迅速成为一门综合性对地观测学科，成为国民经济发展中不可或缺的骨干力量。在此重要领域，我国从无到有，历经艰难，砥砺前行，走出一条难忘的中国特色之路并取得了今天的辉煌。回顾峥嵘岁月，展望创新驱动，不由得令我激情满怀，充满着自豪与骄傲。

## 初探太空

1960年2月19日，最初研制的T—7 M试验型液体燃料探空火箭，在上海南汇简易发射场试射成功，开启了我国的"空间时代"。当时起飞总重量190公斤，火箭长度5345毫米，箭体直径250毫米，飞行高度8—10公里。发射场非常简陋，芦苇席围着发电站，顶上覆盖油布蓬。没有通信设备，总指挥下达命令靠呼叫与手势，加注推进剂用自行车打气筒作为压力源。艰苦奋斗，因陋就简，发射了中国第一枚探空火箭。同年3月，在安徽广德县建立了我国第一个正规探空火箭发射场，9月，在此又发射了中国第一枚T—7火箭。1963年1月，承担火箭研制的上海机电设计院划归国防部第五研究院。同年6月29日，中国自行研制的中近程火箭再次发射成功，10月，赵九章等科学家应邀到国防科工委靶场参观发射并举行座谈。

## 卫星升天

1963年12月下旬，在三届人大一次会议期间，赵九章教授致函周恩来总理，认为我国已具备研制人造卫星的条件，总理要求"提出具体方案"。与此同时，钱学森等专家也致函聂荣臻副总理，同样建议把卫星研制早日列入国家计划。

1965年8月2日，中央原则同意人造卫星方案并在科学院设立卫星设计院（651设计院），赵九章任总体设计组组长，郭永怀、王大珩为副组长。又过了2个多月，10月20日—11月30日，中国第一颗人造地球卫星方案论证会（651会议）召开，确定卫星能"抓得住、看得见、听得到",即发射入轨后,无论天气如何,都能跟踪测量,地上能用肉眼看见并能听到传出的"东方红"乐音。

1966年1月,卫星设计院正式成立,赵九章教授任院长(作为中国卫星研制的奠基人,1985年追授国家科技特等奖)。

1970年4月24日,一切就绪,21:35火箭离开发射架,东方红卫星直冲云霄,21:48,星箭分离,卫星入轨,21:50,国家广播事业局收到卫星播送的"东方红"乐曲,次日4月25日下午,新华社授权向全世界宣布,中国成功发射了第一颗人造地球卫星。

## 返回式卫星

在成功发射"东方红一号"卫星的同时,国家也着手安排返回式卫星的预研工作。1966年3月,完成《我国第一个回收卫星技术途径》并向论证会汇报,5月份召开规划会,1967年拿到成果。1968年体制改革,组建中国空间技术研究院(航天部5院),承担返回式卫星的研制工作。1967年9月,国防科工委在京召开返回式卫星协调会,1969年形成初样。1975年11月26日,一个难忘的日子,卫星用长征火箭顺利送入太空,发射成功,11月29日顺利返回,安全降落在贵州六枝地区,圆满回收,成为世界上第三个掌握卫星回收技术的国家。

结合国防工业"军转民"和起步不久的国土整治工

作，1983年12月27日经国务院同意，国家计委、财政部批准，列入国家计委国土局分管的地质勘探经费，拨款5000万元发射两颗国土普查卫星。第一颗于1985年10月21日发射升空，第二颗于1986年10月6日发射成功，它们在黄河三角洲和京津唐地区获取优质图像，成果应用研究获得国家科技进步二等奖；对此重要项目，宋平、张爱萍同志都倾注心血，亲自过问。在技术层面，孙家栋、陈述彭院士等认真指导、严格把关，为我们参加具体工作的同志作出表率。

## 传输式卫星

返回式卫星只能在升空几天的时间内，利用携带的摄影装置，拍摄地表一定地区的瞬时固定不变的图幅，不能反映地球环境长时序的动态变化。所以，需要卫星能对同一地点的信息重复采集，快速发现短时间内的明显变化，实时获取数据，采集、分析、预警。如农作物长势与收获估产，森林、草原火灾及其控制，沙丘移动与沙漠化威胁，沙尘暴，地震前兆，海港附近的冰冻或浮冰，洪水与水灾淹没区域面积，海轮溢油和污染，台风与天气预报，等等。为此，传输式卫星责无旁贷。1972年7月23日，美国陆地卫星一号Landsat-1发射成功，它突破技术瓶颈开启了用传输式卫星观测地球的先河。2013年2月11日，发射陆地卫星八号Landsat-8，40年内共计发射八颗陆地卫星。随之，法国此类的斯波特卫星（Spot）升空，日本、印度、欧洲空间局、加拿大也都相继发射。一段时间内，我国一直使用Landsat和Spot的卫星图像；同时也不甘落后，奋力长足进步，飞速发展并稳健跨入国际先进行列。

资源一号卫星为中国和巴西联合研制，以体现第三世界的"南南合作"并于1999年10月升空，代号CBERS－01，具有开拓性。此后，2003年10月、2007年9月和2014年12月又有CBERS－02、CBERS－02B、CBERS—04等卫星的成功发射，它们都属于我国资源一号卫星ZY—1系列。其间，2011年12月，还发射了资源一号卫星ZY—1，它是我国首颗国土资源陆海监测卫星，也是国土资源部首发的业务卫星，标志着我国遥感卫星由科研试验型向业务应用型的转变，它的分辨率10米，重约2100千克，设计寿命3年，可广泛应用于国土资源调查与监测、防灾减灾、农林水利、生态环境及国家重大工程建设，数据接收范围覆盖我国及周边区域。中巴地球资源04星CBERS—04也于2014年12月发射升空并携带红外相机，填补了我国当时空间技术发展的空白。

资源二号卫星ZY—2于2000年9月首发，2002年10月第二次发射成功，分辨率可达3米，主要用于城市规划、作物估产和空间实验等领域。

资源三号卫星ZY—3。2012年和2016年，我国分别发射资源三号01星ZY3－01和资源三号02星ZY3—

02，主要用于测绘，可测得1：5万比例尺地形图，用于1：2.5万等更大比例尺地形图更新，分辨率由3.5米提升到2.5米，服务于国土和农林资源勘测。

## 高分辨率卫星

追求对地观测卫星的高分辨率，是国际遥感领域的长期追求。21世纪以来，不少世界先进的高分辨率遥感卫星相继出现，具有代表性的IKONOS（希腊文的"图像"）为首颗分辨率优于一米的遥感卫星，1999年9月24日IKONOS-2发射成功，它是世界上第一颗分辨率达到1米的遥感卫星并向全球12个地面站传输数据。为达到1米分辨率，根据我国实际情况，中科院和航天部等有关单位共同成立"伊米"公司（采用1米谐音），还从韩国地面站购买IKONOS图像以满足国内需求。同时，紧跟科技前沿并于2006年将我国的高分辨率对地观测系统这一重大专项（简称高分专项）列入《国家中长期科学与技术发展规划纲要（2006—2020年）》，2010年5月，经国务院审议批准后全面启动。

高分一号卫星GF-1于2013年4月26日发射成功，它是我国高分辨率对地观测重大科技专项的首发星；适应对主流数据2m／8m分辨率的需求并替代进口。2014年8月的高分二号卫星GF-2突破了中国自主研制卫星1 m分辨率的门槛。2016年8月的高分三号卫星GF-3是我国第一颗雷达卫星，2015年12月的高分四号卫星 GF-4 为凝视型高分辨率卫星，2018 年 5 月的高分五号卫星 GF-5 为一颗先进的高光谱卫星。一个月后，发射高分六号卫星 GF-6，它是高分一号卫星 GF-1 的增强型，2019 年 11 月的高分七号卫星 GF-7，为一颗高精度光学立体测绘制图卫星，它的发射与运行成为我国高分辨率对地观测系统国家科技重大专项的成就节点（2021 年 9 月 7 日又有新星升空）。

## 气象卫星

20 世纪 70 年代末至 80 年代，我国在气象预报和灾害性天气防范领域一直使用美国 NOAA 卫星的资料。1988 年和 1990 年，我国分别发射风云一号卫星 FY-1A 和风云一号 FY-1B，这是两颗早期气象卫星，用以提高技术，取得经验。1999 年 5 月又发射风云一号 FY-1C，实现了长寿命和稳定运行。2002 年发射的风云一号 FY-1D，可在轨运行 10 年以上并留下浓墨重彩的一笔。1997 年和 2006 年又有两颗 FY-2 实验型气象卫星发射并有 2004 年和 2006 年 FY-2C 和 FY-2D 后继星的升空，成功构建了双星观测。以后更新换代，2008 年的 FY-3A 入轨，缩小了我们与先进国家同类卫星的差距并形成 FY-3 卫星系列（FY-3A／3B／3C）。2016 年发射 FY-4A，开始进入国际先进行列。2017 年 10 月 24 日，中国气象局宣布，风云四号卫星数据对全球免费共享。现在，我国的风云气象卫星已被世界气象组织纳入全球业务序列并成为国际减灾宪章机制的值班卫星。

## 海洋卫星

海洋一号A（HY—1A）卫星于2002年5月升空，填补了我国海洋卫星观测领域的空白，它同时也是自主研发的第一代海洋水色卫星，开始对海洋水色、水温等环境要素，如叶绿素、悬浮泥沙、可溶性黄色物质及其动态变化监测并开展海岸带制图。

2007年4月发射海洋一号B，延长了卫星运行寿命。2008年9月和2020年6月又发射海洋一号C和海洋一号D，形成空间双星组网，扫描幅宽为A/B星的1.6倍。2011年8月发射海洋二号A（HY—2A），为一颗海洋动力环境卫星，可获取海面风场、浪高、海流及海面温度等多种海洋动力参数并可对西北太平洋台风监测。2018年10月第二颗海洋动力卫星（HY—2B）发射入轨，具备对全球船舶信息的自动识别能力，开始参与世界海洋治理、提供技术支撑和应对海上突发事件。

## 环境减灾卫星

防治环境污染、确保生态、绿色、低碳是可持续发展的当务之急。2008年9月，我国首颗环境减灾一号A／B卫星成功发射，即HJ—1A、HJ—1B，它们在完成在轨测试后便投入使用。2012年11月发射环境减灾一号C星HJ—1C，2013和2016年又建成应用平台和多源卫星接收站。2017年，国家生态保护红线监管平台立项，2020环境减灾二号卫星升空，使我国环境遥感监测跃上新台阶、步入快车道，空间技术已成为蓝天、碧水、净土保卫战的生力军。

## 地面站

为保障卫星传输数据接收、处理、分发，1999年10月，我国首先建成北京密云地面站，2008年6月，密云站改扩建后也可接收国产卫星资料。2008年1月新疆喀什地面站投入运行，以填补中国西部数据空白。2010年1月海南三亚站建成，以后又增加了昆明、北极两站，不仅覆盖我国全部领土，还扩展到广阔亚洲陆地的70%，全面提升了我国卫星对地观测水平。

## 卫星导航系统

中国自己研制的北斗卫星导航系统（BDS）是继美国的全球定位系统（GPS）和俄罗斯格罗纳斯（GLONASS）以及欧盟伽利略（GALILEO）后又一个成熟的卫星导航系统，同时也是联合国卫星导航委员会认定的责任供应商。

现在，我国不少民营商业卫星也接连发射成功，北京、吉林和著名高校都突显实力；甚至县级小学也不甘示弱。当前，我国对地观测卫星群星灿烂，方兴未艾，前途广阔。

## 荷兰城市化报告摘要

### 引 言

这份报告的第二部分已于1976年2月作为一项临时性的决定出版发行，公诸于世。其中，详细阐述了实体规划方针的基本原则，包括人口和就业扩散、城市化及与之相关的流动性问题。《趋势报告》中的三项政策，都反映了政府的观点。

### 一、城市规划政策

#### 1. 城市规划政策的选择

了解和展望未来的发展也涉及阐述城市规划政策的选择问题，最重要的政策选择要提前进行，依据以下几方面选择：

①强调维修和保护旧住宅区，还是改建和重新发展；②强调发展具有人口集中居住功能的"中心城市"，还是发展人口密度小、居住疏散的地区；③改善新旧居民区收入微薄阶层的住房条件，在旧居民区为其他阶层兴建颇有吸引力的住房；④在有限的实体单元范围内加

紧调整住房和改善工作条件，而对有关的基础设施要少调整；⑤提倡保持城市中心的活力，刺激经济活动（使其具有较强经济实力）；⑥限制使用机动车辆；⑦提倡发展公共交通运输，适当刺激私人交通运行（小汽车）；⑧增加城区的娱乐场所，在娱乐场所周围修建有吸引力的住宅；⑨远离颇有价值的地区（维持现状），使"绿色的"住宅区与娱乐场所融为一体。

## 2. 对各项政策的调整

A. 新住宅区距离城市中心4—6公里不等。自行车将构成上、下班的交通工具。住宅密度为每公顷55座。城市近郊大量的自然区能够得到保护。在市中心突出居住功能，把改善现有住宅条件放在首位。城市中心的职能极为有限（面积较小的城区），交通设施十分缺乏。

B. 距离与公共运输协调，由城市中心到新住宅区需25—30分钟车程，在铁路沿线布局规划。除此之外，人口向低密度区（每公顷为35座住宅）适当扩散。关于这一点，要充分利用颇有吸引力的旅游区。

保护市中心的居住功能。进行实质性的扩建，降低居住密度，增强所有人自由选择住宅的权利。

C. 新住宅区的密度仍为每公顷55座。尽可能保护自然区。城市中心的建筑物集中，尽可能改善住宅条件。改善住宅条件有困难的地方，新建住宅密度可为每公顷50座（大城市为每公顷100座）。这样的居住功能

适应现有居民

　　D. 到新居民区去，乘车距离最多为35公里，在某些情况下要扩大公路网。在颇有吸引力的旅游区同样如此。在城市需要加强有力的交通措施，城市重建时，其建筑密度为每公顷50座（大城市为每公顷80座）。

　　3. 对各项政策选择的评估

　　荷兰西部各大城市的交通距离早已超过A中规定的距离。实际发展能否保持B和C中规定的标准范围仍值得怀疑。以D为基础确定的政策是一项适应社会发展的政策，实施是没有多大问题的。进而言之，选择A并不排除将来选择B、C和D的可能，这一点确定无疑。每一项选择的效果最终会在财政上反映出来。

## 二、城市规划政策选择的具体说明

　　1. 针对解决地区级关键问题的规划和扩散政策政府提出：

　　①必须避免城市拥挤和建设不平衡的现象；②必须保护开放型地区和具有生态和景观价值的地区；③在社会经济发展方面缩小地区差别，消除不平衡现象；④在娱乐和休闲标准方面，缩小地域差别，力图维持平衡；⑤减缓城市人口和车辆流动。

　　2. 密集现象

　　人口密集现象在荷兰西部表现得特别明显。大量的人口由南北诸省流入北布拉邦和格尔兰德两省，从而引起这两省人口密度上升。人口增长和住宅面积迅速减少的种种迹象促进人们产生建造大量住房的普遍要求。另外，北布拉邦和格尔兰德两省的重要城市没有公共交通系统以吸引城市和地区之间的人口流动。同时，其城市中心几乎没有能力容纳数量可观的汽车。北布拉邦和格尔兰德省人口超载，不能承担西部地区的人口压力。

### 3. 开放型地区和具有生态和景观价值地区

必须保护具有开放型特征或有生态、景观和农业价值的地区，这意味着以上地区不必纳入城市化过程的范畴。建筑和城市化活动将不得不受到种种条件的限制。兰德坦、格尔兰德和北布拉邦广阔市区之间的中央开放型地区的特征，是荷兰实体规划的一个特点，是这一国度独有的特征。因此，政府完全有理由保护中央开放型地区，另一方面，这个地区无疑承受着很大的压力，其开放型特征在许多方面已受到影响。

荷兰政府仍持有这样一种观点，中央开放型地区同其他广阔的开放型地区一样不应纳入大城区的城市化过程。在具有生态和景观价值的地区，修建住宅是绝对不允许的，在自然保护区和国家公园内尤其不允许修建住宅这一现象的发生。

### 4. 娱乐和休闲活动

就"地方性"娱乐条件而言，西部远不如全国其他地区，这一点将成为城市规划政策的一个组成部分。但是，"地方性"的娱乐休闲标准通常由城市化的程度决定。在这方面，西部比其他地区优越。

许多休闲活动不受政府政策的影响。定居的娱乐休闲活动，政府政策才有可能对其产生影响。

### 5. 两地间的往返流动

荷兰政府切实保证住宅区、工作区和娱乐场所彼此协调发展，一方面在于减少流动人口数量，另一方面在于改善就业状况。

### 6. 扩散政策区域化

决定扩散政策的两个重要问题是：①北部人口增长；②由兰德斯坦到北布拉邦和格尔兰德的客流量增大。

和地区人口预测情况相比（根据目前的趋势，包括现行政策），来年扩散政策的含义有以下几点：①振兴格罗宁根；②减少预计流出荷兰南北诸省的客流量；③减轻北布拉邦和格尔兰德两省可能承受的压力。

### 7. 城市规划政策

城市规划政策的选择：稳定小城区范围内的上、下班流动，尽可能控制流动；第二项可择用的政策：稳定城区范围内的上、下班流动，城区的发展规模要和城市间的公共运输相适应；第三项可择用的政策：和个体运输事业发展的各种可能相适应协调，反映较大地区范围内错综复杂的上、下班关系。政府发展大城市的政策设想可以简单地归纳为以下几点：集中城市建设；尽可能改善住房条件，否则，可按每公顷40—60座建筑物的密度来进行建设（四个大城市的密度为80—100建筑物/

公顷），其中首先要考虑的是现有居民的住房情况。在兰德斯坦城的外围规划新的居民区，居民区规划在铁路沿线。根据土地状况、景观及公共交通车站和娱乐中心的位置来看，建筑密度应为每公项35—40座建筑物，有价值的自然区应尽量予以保护。

### 8.总观可望实现的政策

人口扩散、城市化和活动性问题就是荷兰全国实体规划的问题。规划还有待于进一步完善和充实，特别是有关城市问题以及全国城市化的方式问题。政策着重反映和针对城市内外存在的关键问题，指导城市发展，尽可能避免出现新的棘手问题。国内不同地区的情况各不相同，因此，规划政策也具有不同的针对性。总政策的重要内容有以下几点：①改善城区的居住环境。②根据城市发展原则，实现城市化。③保护、改善和美化新旧城区的居住、工作和娱乐休闲环境（环境的差异性）。《第二份实体规划报告》指出，荷兰的集约城市化延及北部疆界，大体上在阿尔克马尔—阿纳姆地带，北海一带为集约城市化的一部分，包括英国东南部、法国北部、比利时的一部分。显而易见，荷兰西南部和东北部截然不同，主要是人口压力问题。荷兰有人口1350万，其中1000万人生活在西南部，350万人生活在东北部，良好的城市规划可以解决一部分人口压力问题。然而，以各种形式扩散人口受到许多限制，远比《第二份报告》中预计的问题要多得多，一个重要原因是《第二份报告》强调人口急剧增长（到2000年人口多增数量为200万）引起对城市空间的不断需求。与此同时，平均住房面积减少，在很大程度上导致产生建造新住宅的背景要求。当然，从长远的观点来看，要实现这三个目标也绝非一件易事。

比较政府制定的政策和这些方案，可以提出以下几点构想。①在全国比较"密集"的地域有可能创造适宜居住的环境。②保护开放型地区和具有生态景观价值的地区。③在社会经济和地区娱乐休闲水平方面，缩小地域差别，消除不平衡现象。④限制活动性增强。市区的发展规模不能太大，目的在于限制城市的流动。只要有益于劳动市场和改善城区的娱乐休闲设施，扩展才能是合理的。在此方面的条件是要合理发挥公共交通系统的职能。

城市改革政策的目的在于经济地利用空间，必须顾及旧居民区居民要求住房条件改善的迫切感，这表明适当扩大住宅面积是行得通的；另一方面，城市交通车辆增多，要求大规模地发展空间，这一点务必避免。从长远着想，如果制定出更多的政策，那么城市中心和城市一地区中心就可能逐渐地彼此适应协调，选择住宅区的位置和规划新住宅区时，应特别考虑到居民对住房的迫切要求。环境保护十分重要，尤其对公共运输的作用和自然风景区周围的环境而言更为主要。除此而外，既要经济使用空间，也要满足居民的住房要求，二者只有兼顾，这一条方能成为政策的一个目标。人类社会是复杂的，而且还会变得更复杂。人们常提及的生态法规的适用范围是不明确的，人类社会的发展很可能要受到某些法规的限制，生活圈也是如此。"城市生态"，即作为生态系统的城市将在整个社会生态中起着至关重要的作用。

　　未来的发展对我们来说仍是一个未知数，通过研究使之转化成已知数是不可能的。因此，实施有关实体规划的重要决定应合乎时宜。我们难以确信未来的发展，但这绝不意味着我们应实施决定的时候要放弃实施的机会。诚然，要预见近几年的社会和经济的发展前景是十分困难的。就实体规划而言，需用五至十年时间补充和修订的决定，或支配以后数十年实体规划模式的决定要当即付诸实践。其实，实体规划基本决定的目的之一就是要保持以上两方面的相互协调和适应。

　　9. 地区性的特别措施

　　城市重建和再发展计划方案表明，一些地区会出现建设财政赤字问题，尽管政府按八折给予补贴，但大城市一定还会遇到赤字情况，同时又无力弥补亏空。因此，大家认为，在某种情况下可安排把城市建设赤字问题全部移交给中央政府解决。处理问题的意见要以将来的"城市复兴法案"为根据。"城市复兴法案"为"环境保护法"的制定奠定了基础，目的在于防止环境劣化。进一步来说，法律机关将责令私人改善住宅环境，同时有可能迫使居民承认住宅改善工作正在落实的事实，改善住宅的补贴计划将公诸于众。住宅的改善既成事实之后，有关固定租金的议案将提交国会审议。由此可见，租户会有明显的选择住宅的余地了。补贴和租金收入促使房主改善住宅，招揽宾客，赚取利润。政府解决行政和组织问题时不愿仿效别国的做法，因为其他国家为了提高效率而废止地方民主。政府希望进行一些全面的行政改组，本着克服就业结构发展的实际困难，政府给布局和开发工业区及搬迁工厂等活动以资补贴，同时也资助在地价极高的区域发展工业区。在社会福利方面，政府实施现有的财政计划时，要优先给发展中的市中心和乡镇分配额度。首先，娱乐休闲设施要和城市中心的职能相适应，而不是与城市增长的人口相适应。最后，许多大城市面临的教育经费问题可望得到解决。

　　此译文刊登于《人文地理》1987年第2期，署名张曾祥（国家计委国土局）、李瑞林、俞天润（西安外国语学院），特向两位教授表示感谢！

## 古城都灵

1997年10月，第48届国际宇航联大会在意大利都灵举行，我因论文入选，有幸到访这座亚平宁半岛北部的古城。先由北京飞抵米兰，走出机场便有主办方迎接，乘坐中巴客车，大约一个小时的路程即可在驻地下榻。都灵位于意大利西北部的皮埃蒙特大区，作为该区首府，她是仅次于罗马、米兰等地的全国第四大城。再者，又是菲亚特汽车总部的所在地，工业仅次于米兰位居意大利第二，加上其南面地中海沿岸的热那亚，三地共同构成意大利经济柱石的金三角。城市位于著名的波河上游，地处河谷左岸，自然条件优越，历史悠久。都灵形成于罗马帝国时期，不断发展于1563年成为当时萨伏依公国（Savoia）的中心；1720年，萨伏依家族晋位王爵，都灵又升格为撒丁王国的首都并有首位意大利国王在此登基。以后，又成为意大利统一的发源地，直至1865年政治中心搬迁到罗马。因此，都灵这座城市古迹繁多，保护完好，是一座充满悠久历史文化底蕴的名城。

我采取传真方式通过意方会务组在临近该市新门火车站附近预订了"最佳西方"（Best West）一家中档连锁宾馆入住，交通便利。从那里出发，可以乘坐有轨电车去往举办国际学术交流的会展中心 Lingoto Fiere，亦可步行到达附近繁华区。车站东北为著名的罗马大街，大致南北走向；大街中段为圣卡洛广场，被称为古城的画室，美丽漂亮。从此穿行，沿大街向前即可到达皇宫广场与皇宫，它是萨沃伊王朝皇室的居住地，于1646年由卡洛－埃马努埃莱二世建造，风格奢华；包括客厅、睡房等，生活起居设施一应俱全并有钟表、瓷器、银具及古代家具布置其中，凸显贵族风貌。一些宽敞高大的厅殿现已辟为图书馆，藏有波旁皇族查尔斯带来的凡尼斯藏品，至少有2000多件来自赫库兰尼姆发掘的莎草纸文献和一本破烂的5世纪经书。宫殿前面门廊现设皇家军械库，存有16—17世纪的兵器，给周边增添了威武的氛围。比邻的御花园仿效法国凡尔赛宫的园林设计，工艺精湛。皇宫西侧是质朴的文艺复兴式圣乔瓦尼·巴蒂斯塔大教堂，端庄素朴，晚间尤为静美；过去曾传说藏有珍稀圣物而闻名世界。教堂除供信徒做弥撒外，也可作为王室的专用教堂，高雅圣洁。皇宫东侧不远处为安东内列纳尖塔，塔高167米，花费26年时间建成，成为欧洲最高的石构建筑并成为都灵的城市标志，也被用在这次国际会议和2006年在西部滑雪胜地塞斯特列雷山区举办冬奥会的宣传品中，颇具影响力。

从驻地沿埃马努埃莱二世大街东行，路经一座会堂后可到达著名波河西岸的瓦伦蒂诺公园，其东北有瓦伦蒂诺城堡，墙垛、角楼、雉堞架构完整，具有中世纪风情，也就成为都灵理工大学建筑学院校址的首选地，古色古香的造型自然成为专业人员难得的教学基地。作为文化古城，附近不远处是历史更为久远的都灵大学，她于1404年根据古人训谕创办，也是欧洲名校之一。瓦伦蒂诺公园郁郁葱葱，百花盛开，园艺巧夺天工；东面旁侧毗邻波河，水流潺潺，清澈望穿；沿岸杨树荫蔽，干枝挺拔茁壮，让人联想波河流域是著名意大利杨树（*Populus euramevicana*，改革开放初期我国曾积极引进）的故乡。

联合国教科文组织十分重视都灵古迹，已将市区萨伏依王宫邸宅以及瓦伦蒂诺城堡连同郊外三处古迹作为一组列入世界文化遗产名录。郊外"世遗"包括北面的韦纳里亚狩猎行宫、西面的里沃利宫堡和南面的蒙卡列里王宫。而后，联合国教科文组织又将都灵所在的皮埃蒙特和相邻的伦巴第两个大区沿阿尔卑斯山麓的8座圣山连同景观和宗教建筑也列入世界文化遗产。会议主办方还组织我们驱车前往意大利第二大湖区马焦雷（或称韦尔巴诺）游览并亲临接触圣山中的两处：沿途路经小城比耶拉（该城面积不大，人口几万，但水质优良，为著名羊毛纺织品产地，拥有几款国际服装名牌）用餐，城北13公里有奥罗帕圣山，圣殿建于1617年，是天主教徒朝圣向往的天堂，殿上的八角形穹顶远望依稀可见。然后，又到达Orta湖区并进入湖中圣朱利奥岛的圣山，参观建于12世纪前半叶的教堂，导游详细介绍了保存完好的早期布道的诵经台，情怀古韵。

　　都灵也是菲亚特汽车的总部与生产基地，举办这次国际会议就选在城市东南角的Lingotto会议展览中心，Lingotto是菲亚特的老厂区，现已升级改造另迁新址；但是，一座具有历史意义的附有屋顶环形试车跑道的特色厂房仍然作为文物保存，用以见证这个国际名牌汽车的发展历史。而其他地方现已辟为展区，让古老的制造业与新兴的宇航科技对接。学术会议规格较高，当时的意大利总统就曾出席开幕式并致辞，晚间，又为与会学者在皇家剧院举办专场音乐会，主大厅有1750个座位并有37个包厢围绕两壁，我和国内同行两人享受一个包厢；音乐厅华贵气派，可与欧洲米兰斯卡拉、巴黎加涅尔歌剧院媲美。紫红色丝绒帷幕开启，大家饶有兴趣地聆听弦乐四重奏演奏的维瓦尔第和帕格尼尼的作品，音乐家使用具有几个世纪生产历史的世界著名克雷默纳（Cremona）小提琴，沉浸在古典音乐的梦幻之中，无比欣慰。出席会议的各国人士及意大利、都灵的上层名流衣冠楚楚，彬彬有礼，夫人们时装华丽，彼此微笑、寒暄、祝福，合影留念。走廊上古罗马式的卫兵向宾客致意，身着阿尔卑斯民族服装的美丽姑娘迎候、服务。音乐会中场休息还备有茶点，国际驰名的意大利卡普奇诺咖啡（Cappuccino）醇香扑鼻，再去品尝这里用榛子与可可粉制做的巧克力，都灵与所在的皮埃蒙特大区被称为"意大利最甜的地方"，她古老而甜美，令人终生回味。

五 各地采风

## 建筑赏析

国家开发银行是我国基础设施建设项目的重要投资单位,也是推进"一带一路"倡议的主力军。与其使命相称,她还拥有出色的办公、党校和数据中心等建筑实体,作为凝固的艺术品点缀着京城的绚丽多姿,成为首都市中心、近郊和远郊怒放的灿烂夺目的三簇亮丽之花。

长安街总行办公楼从传统语汇入手,提炼、运用中国传统建筑精华。以屋顶、密檐斗拱和基座三元素的建造格局,形成"近看现代,远观传统"的建筑风貌。屋顶突出庑殿式,一条正脊和四条垂脊,屋顶前后左右四面呈斜坡,彰显中国古代建筑的最高等级。我国著名建筑学家梁思成先生认为:"翼展之屋顶部分","至迟自殷始,已极受注意,历代匠师不惮繁难,集中构造之努力于此","为中国建筑之冠冕"。斗拱是中国建筑中的特有构件,也是屋顶与屋身立面的过渡。梁老说:"斗拱与屋顶结构有密切关系,其功能在以伸出之拱承受上部结构之负荷,转纳于下部之立柱上,故为大建筑所必用。"对于建筑基底，梁教授认为，"中国建筑特征之一为阶基之重要；与崇峻屋瓦互为呼应。"开发银行办公大厦底部如台基须弥座，设两阶寻杖栏杆形式，采用浅色石材或贴面砖，传承古代汉白玉之观感以及华板、望柱、地栿等经典。楼内大厅殿堂，四尊高大金柱鼎力，柱础雷公、太平交叉坚固；圆形藻井、穹顶钢化玻璃圆壳，阳光普照。驻步赏析，感叹建筑的奇妙。

民国时期就讲求中国传统并有中山陵、辅仁、圣约翰大学等力作。20世纪50年代初期，中央注重北京三里河机械部办公楼和景山以北地安门机关宿舍大楼的大屋顶构建，讲求民族形式。现今，开发银行大厦屋顶为减轻负荷，采用轻体金属架构，围拢中央空调和供水设备，集约利用空间，其庑殿翼展更具写意。

国外看重中国古典建筑并从这种"基座/重檐"（podium/pagoda）的空间意象中汲取营养。丹麦著名建筑师约恩·伍重（Jorn Utzon）对中国风格的跨文化转译，让他设计出悉尼歌剧院等杰作并由联合国教科文组织列入世界文化遗产名录。国家开发银行党校建筑扎根于坚实基岩与坡积物上，微地貌的凹坞也有利建成地下健身与游泳设施，以减少土方量。主大厅宽阔、高大，便于社交、沟通、互动，空间充实、豁亮。主体纵向进深直达后花园，绿色园艺、生态环抱。横向连接东、西，引领宿舍及学习、授课、研讨等厅、室布局。大型金属柱体后置，无碍观瞻；钢丝绳索牵引重力，开辟天窗，尽享自然光照，通道无阻，明亮舒适；茶几、沙发布置简约，墙挂绢画，典雅温馨。

主大厅采用传统木材建造，优点显著。作为一种稳定的可持续建材资源，无须过多能源动力消耗，低碳环保，符合生态循环规律。而且，自身具备良好的装饰热惰性、质感柔和等长处，符合人们内心对回归自然的向往，具有其他建筑材料难以比拟的感官优势。因此，可为党校提供一个美好环境。随着工业化的迅速发展，现已突破树木生长高度限制给大跨度厅、堂建筑使用带来的局限性，可以使用榫卯或钉接、指式胶合连接及木栓胶合连接等多种工法，突破原木的尺寸限制，使集成胶合木能够达到40米的跨度，实现突破。现今，已在宽敞公共空间建筑项目中广泛使用并在党校主大厅应用中得到见证。新工艺促进了建筑材料的产业化发展，解决了施工过程的预埋、预留、接口等问题，便于吊装，大大缩短了党校建设工期。同时，大厅巧妙地采用树枝状斜柱将屋面负荷传递给一侧地面，使人们在大厅里行走自如。

加拿大森林资源丰富，其木造建筑设计与技术发展均有成功经验，引领国际潮流；渥太华东侧本那比市鹿湖公园畔夏伯特艺术中心（Burnaby, Shadbolt Center for the Arts, Deer Lake Park）的建设已成为多国业界的样板，怀柔党校主大厅也在借鉴中受益。国内，上海黄浦江东岸贯通工程中的22个望江驿也仿效了这一模式，让城市增辉。

党校外墙、立面与入口处门柱普遍采用平板砂页岩的毛石砌体，彰显原生叠夹的参差、粗糙，融合地址依山临湖的景观优势，贴近自然、宛如田园；西南一隅利用高差筑石垒壁，又在从厨房侧门至食堂前沿的L形一段，营造金属围栏，远望周围、俯视山路小桥，匠心创意；正如梁思成先生评价中国古典建筑所说："当年之台榭，居高临下，做雄视山河之势，"古韵犹存。

国家开发银行位于海淀区稻香湖的数据中心以湿地公园为伴，比邻华为研发、央行清算及农业、建设两行等金融巨头。各家普遍采用方形城堡平面或块状联袂棋布，建筑低矮、坚固，易于绿化郁闭，谕科研"隐居于野"的理念。构思紧扣建设北京智慧城市以及总体和起步的国土空间规划，具有超前意识。开发银行数据中心的四栋建筑单元，群体组合，甬道分隔，玻璃明亮廊桥连同。北、东大门临街，铁栏围墙开放、透明，拉近与邻舍、路人的距离。长方矩形门框醒目，中间设轨道式金属推拉护栏呈IT业之新姿。步入东门视野开阔，花草、乔灌、园艺，墁砾幽径，可助中心郁郁葱葱。主体立面幕墙玻璃装饰，并用多层长边方向通常长格栅，罩隐框架承重。采用装配式预制构件或现浇、喷射混凝土架构，支撑坚固。屋顶置铝制扣板并镶嵌柔和灯饰，普照下面防静电地毯，开放式办公兼顾洽谈、培训需求。设备楼鼎力负重，挺立持久。机房先进，运维顺畅，低噪音冷却，可持续性蓄电，复线布缆，确保同城、异地灾备需求。后勤保障，注重安全、消防、应急，伟业太平。

现已利用楼内空闲地面布置羽毛球场地，缓冲青年打拼和远距离上班的辛苦。建议数据中心购置三角钢琴，演奏室内乐，合唱、独唱冲破枯燥、单调并给其他金融伙伴带来乐曲、歌声，同时也让开发银行京城建筑三姊妹翩翩起舞。

## 受益民盟

多年来，自己不忘入盟初心，经常回忆20世纪90年代初一段入盟困难时期：因自己与国内叶氏家族（包括民盟中央名誉副主席、法学家叶笃义和中科院副院长、大气物理学家叶笃正等知名学者）中叶笃信先生是忘年交，找到中国农科院资深专家、民盟北京市委高层的叶笃庄先生推荐自己加入民盟，使我步入以专家学者为主的"民盟之家"。此前，自己早就对创建、领导民盟的张澜、沈钧儒、黄炎培、李公朴、闻一多、费孝通以及华罗庚，钱伟长等先贤、名人深怀敬意。他们一生清廉，两袖清风，淡泊名利，"立德立行，一以贯之"，"奔走国事，关注民生"；而且，都是皈依学术、知识渊博、成就卓著、治学有方、言传身教。我自北大研究生毕业后，更以民盟中央主席、北大校长丁石孙和季羡林等教授之风范为楷模，立足专业，努力进取，积极参加国内外学术活动，笔耕不辍，撰文发表，著书立说并于退休后连续出版5本图书。进而，学无止境、跨界拓宽，缅怀梁思成教授并学习盟内吴良镛院士，关注经典建筑保护。为原天津工商学院梦莎式屋顶（Etage Mansarde）主楼被列入第七批全国重点文物保护单位而欢欣，也为保护北京宣武医院南侧的住宅建筑奔跑并对其被拆毁而倍感惋惜！

  民盟素来关注弱势群体并为我国消除贫困做出了贡献。北京市民盟首先关心驻区新街口安平巷贫困家庭，慰问、服务门头沟清水镇龙王村和潭柘寺镇南辛房低收入群众并提案支援欠发达地区；帮助贵州毕节"开发扶贫、生态建设"试验区；作为我国东部10省、市民盟组织的一员，更为其共同帮扶、共谋发展助力。北京市民盟整合资源，凝心聚力，注重实效，走出一条具有本市民盟特色的精准、攻坚扶贫之路。自己关心并紧跟市民盟对毕节七星关区长春堡镇干堰村的帮扶以及对该村小学和思源学校的支援；为实现教育公平、均衡，缩小区域差距，倾注心血。同时，关心并邀请黔东南教师来京培训进修，加强黔西南兴义市三中的学科建设并创建该市下五屯卫生院的"民盟名中医工作室"。

  对毕节及黔东南、黔西南的工作决策部署和自己所在国家开发银行专门成立扶贫项目部的重视及其投资倾斜和加强信贷战略给我以启迪：黔东南荔波等中国南方喀斯特在联合国教科文组织申遗成功和黎平县侗族大歌被列入非物质文化遗产目录，促成自己撰写《扶贫可否变"申遗"——石漠化上的少数民族地区村落与文化景观》论文，建议把黔东南肇兴纪堂、地坪和从江亭洞曾冲及黔西南布依族古民居及坐唱、铜鼓等，连同湖南怀化市新晃、芷江、通道侗族自治县及靖州苗族侗族自治县境内的鼓楼、风雨桥、村落和民族特色建筑群捆绑连片跨省申报世界文化遗产，以其资源禀赋在中国南方喀斯特贫困区劣地（Bad Lands，并不一定使用新出现的"石漠化"一词）上开辟出一条扶贫新路。

作为一名公民，自己深感民盟选择毕节试验区有着它的考量和使命担当。北京市民盟扶贫为黔西北毕节七星关区做了大量工作，而该区百花路19号的毕节博物馆即过去建立的中华苏维埃川滇黔革命委员会旧址就是1924年外国传教士修建的福音堂，现已成为第六批全国重点文物保护单位。更早的1905年春，英国循道会（Methodist Church, English）传教士塞谬尔·柏格里（Samuel Pollard，1864—1915，也有译成波拉德或潘乐德）就来到毕节地区威宁县石门坎村，深入苗寨，创造苗族文字，建立教会和学校，发展体育（包括球场、游泳池），普及生理卫生，使这一带成为当时的"西南苗族最高文化区"。他甚至不顾个人安危，奋不顾身医治伤寒疫病流行，献出自己生命并将遗体埋葬在这块贫困的土地上。他的动人事迹又召唤更多的国外友好人士前来我国西南少数民族地区做义工，成为贫困地区扶贫的先行者；以后，威宁既有费孝通先生20世纪50年代的关切，更有20世纪80年代胡锦涛同志出任贵州省委书记时的感动。

民盟是一座音乐的殿堂：马秋华教授声乐育人、桃李芳香；袁晨野男中音浑厚高雅；老者范圣琦用萨克斯吹响"回家"的畅想；陶旭光单簧管演奏"四小天鹅"的芭蕾；作曲家卞留念为大型运动会的开幕式、闭幕式进行音乐设计；陈秋凡教授为合唱奔忙；张敏老师执着音乐，带领学生出国争光。民盟北京西城合唱团立足基层，甚至都能吸引外单位的党员前来歌唱。民盟的音乐熏陶激励自己献身唱诗班男低声部，追求巴洛克与早期音乐风格，尝试驾驭复调的技能。同时，编辑古典音乐通讯并充实内容后成书《新歌分享》出版。

我与民盟同龄，在80诞辰之际，让我们抒怀放唱，讴歌新时代的灿烂辉煌。

## >>> 怀念作礼 <<<

吴家窑砖瓦构筑楼宇，八里台学府育人拔萃，
聂公桥上精忠壮烈，木槿树前晨读翻译。
东丽海河岸边的乡音，刚强正直豁达的抚育，
课堂专业一丝不苟，篮球场上奔跑搏击。
六三洪水的勇士，嘉奖台上的荣誉。
涞源山川促膝谈心，故里奔波校园奠基，
切磋专家建筑理论，监理把关教室质地。
热爱母校夙兴莅临，回忆垂柳青春洋溢。
操劳同窗聚会，关爱手足情谊。
珍爱弱势解囊相助，见义勇为慷慨无比，
玉手柳编巧夺天工，竹笛吹奏古冶舞艺。
操劳家务尽心全力，柴米油盐姊妹惬意。
相濡以沫结发服侍，体贴入微忍痛别离，
膏肓顽症病榻起居，卧床抗争无比坚毅。
苍劲书法传世金句，虔诚敬拜笃信不移，
荣归主怀天家称义，空中相遇永恒新衣，
恕报不周信息相告，师生追思人生业绩。

注：老师大教学楼下一排木槿，古冶实习作礼吹笛静丽独舞"我失娇杨"；刘景梁教授，天津建筑勘测设计院院长，师大地理系老师音频怀念。

川岳足迹

## >>> 欢聚美斋 <<<

中轴侧畔辽京陧，戊戌君子英烈昂扬
本帮沪系佳肴厨艺，手足挚友川沙情长
癸卯初夏舒适宜人，白首童心交往至上
坐襟甫畅逸兴遄飞，幽州雾列俊采星光
廿九陋室灰浆微黛，沙滩主楼绛红沧桑
获嘉白杨内蒙青蒿，泗水砭石海河楼房
避暑山庄古城燕京，数学从戎遥望豫乡
巾帼内助结发操劳，温馨家庭后嗣茁壮
恩师赐教三载寒窗，学术传承永续绽放
仁之林超西渡英伦，恩涌传康清华芳香
为之心镇昌笃乃樑，继承霭乃遥感宇航
圣贤元培严复寅初，北大精神万古流芳

2023年5月16日，北大1978级地理学专业研究生在菜市口西美味斋聚会（比邻辽代城门），参加者籍贯分别为获嘉，内蒙古，泗水，天津，承德，北京，主宾川沙。数学教授在郑州军事院校，未能莅京。

上文是他们导师的名字。当日，本人习作骈句并引初唐王勃《滕王阁序》两句。

## >>> 赫尔辛基 <<<

芬兰首都赫尔辛基位于波罗的海向东凹入的芬兰湾北部，外围岛屿环抱，人们的疼爱娇惯使她成为活泼、热情的"波罗的海女儿"。其中，六座岛上筑有海上防御工事，成为古老的海防要塞，命名"芬兰堡"并已纳入世界文化遗产名录。

1550年，赫尔辛基先在北面建城，1640年南迁至此，即原来的商业区，1812年成为芬兰首都。2005年8月，我们一家由瑞典斯德哥尔摩乘船先在芬兰古城库尔图登陆，然后再乘大巴进入市区，下榻在市中心东侧Etelainen Rautatiekatu大街4号的索库斯宾馆（SOKOS Hotel）。傍晚，老朋友朱哈（Juha）很快就来宾馆看望我们并共叙彼此交往和两家近况；他很实在，因常来北京，每次都必须入住我第一次给他选择的新侨饭店，从不变更。

次日，我们东行，参观赫尔辛基的城市标志：一座雄伟的乳白色大教堂，即议会广场大教堂（Senatsplatz Dom），她充分体现了北欧国家对宗教改革后路德教派的虔诚信仰。教堂位于市中心圣尼古拉岛的岩石山丘上，乳白色主体、绿色屋顶，色彩协调、美观大方；设计仿照罗马城外祭祀命运女神的古典传统，将教堂置于地势高处，分成几个平台，修建台阶与坡道，纵向紧密连接，形成最佳的视觉效果，逐渐过渡到低处的广场；其对面，即广场南端再建成议会和政府机关，同时，保留原有的君王塑像，以使广场布局完整，共同构成市中心的精华布局。教堂雄伟壮丽，登高可以俯瞰海滨与波罗的海的碧波荡漾；建筑施工精良，四周采用多柱式门廊，具备很好的科林斯柱体（Corinthian Columns），柱础坚固，柱头（Capticals）为毛茛叶饰并有繁密的额枋和深飞檐口，底部墙裙衬墙饰壁画。正门顶部为三角形山花，成为整个建筑的母体，其楣心又为安置雕塑提供了理想空间。主堂穹顶高大，辟宽阔窗户，阳光充足，内部十分明亮。穹顶镶嵌多个分层藻井（Coffering），富丽堂皇。

　　大教堂的东南角，即广场西侧是著名的赫尔辛基大学，她于1640年在旧都图尔库创建，1828年随都迁来。四层主楼立面采用黄色钢砖砌合，6根白色柱体垂直竖立，色彩柔和温馨；平分5大间隔，期间，采用一种窗扉变体的落地长窗，采光充足，美观庄重。其凝重的古典建筑物始终散发着浓厚的学术气氛并令国内外莘莘学子慕名前往；从这里已经走出5位诺贝尔奖获得者，同时也培养了芬兰第一位女总统和著名作曲家西贝柳斯。大学以丰富的藏书闻名北欧，珍藏善本书籍与重要文献。难得有幸，朋友朱哈曾两次把我先后出版的包括英语论文的书籍赠送大学图书馆，还专门与馆员手捧书籍合影，又将照片寄到我北京家中，做事一丝不苟。

赫尔辛基的建筑既有古典继承又有现代的创新。位于我们住处东北的是宏伟的芬兰宫（Finlandia Halle），出自芬兰享有国际声望的建筑师阿尔瓦-阿尔托（Alvar Aalto）的独特设计，巨大的建筑选址在市内美丽的Toolo湖畔，常有湖中倒影映衬，彰显"千湖之国"的缩影；体现他人情化的建筑理论，具有鲜明的民族个性和芬兰人所特有的山水亲缘。建筑采用架空的基座以适应地势起伏，作为精品又体现对国民的开放。走进门厅没有丝毫的空间压抑感，通过衣帽间、盥洗间等服务设施后循序而进，空间变换，自然流畅。进入休息间可以眺望宁静湖面的自然景色，也成为步入音乐厅与会议厅的过渡。会议中心与华美的音乐厅之间既能相互独立，又可彼此不受干扰。芬兰人热爱音乐，1984年，芬兰举办第一届米丽亚姆—海林（Mirjam HelinMir jam Helin）国际声乐大赛（以芬兰声乐教育家命名），我国中央音乐学院沈湘教授的学生梁宁、迪里拜尔摘得桂冠；作为抒情花腔女高音歌唱家迪里拜尔，1987年正式受聘芬兰国家歌剧院担任独唱演员，以后，又成为终身独唱家，让中国的夜莺飞向北欧，成为中芬友好的光荣使者。

我们宾馆向东不远就是中央火车站，启用于1919年，由北欧现代设计鼻祖埃立尔-沙里宁（Eliel

Saarinen）设计，立面采用具有丰富纹理的芬兰本土粉色花岗岩，极富厚重感。正门的波浪形拱顶和蓝色颜料，使人联想临近的海浪，悠扬浪漫，气势恢宏；顶层铺盖的绿色锈铜板，再现沧桑、悠久。车站入口两侧为四位巨人雕塑，他们手捧圆球形灯具站立守卫，晚间点亮灯光，让旅客安全明快，顶高设计能让阳光充分由格子窗射入，光线充足。整体构建已对20世纪初美国车站设计产生影响，成为现代风格的一张名片。

芬兰艺术家的创作也充满革新与现代思维。女雕塑家艾拉－希拉图南（Eila Hiltumen）在我们北面的近郊公园为芬兰国际著名作曲家西贝柳斯（Jean Sibelus，1865—1957）献上了一座独具匠心的纪念碑，她用六百多根长短不一的不锈钢管结合成一架巨型管风琴，每根钢管都浸透着芬兰金属加工的精湛工艺和非凡才能。阳光照射，散发灿烂光辉，映射着作曲家的不朽理念；纪念碑旁的红色岩石上，安放着西贝柳斯的银色头像，足足花费雕塑家6年时间才终于完成，只见作曲家双眉紧锁，表情严肃，沉思乐曲；尤其突出了两只惊人的大耳朵，表现他最喜欢静静地倾听大自然的声音。整个作品构思独特，形象、内涵十分贴切，具有强烈的感染力和启迪作用。西贝柳斯是赫尔辛基大学高才生，他的长寿使他经历了芬兰的各个时期，他积极投身芬兰民族主义运动的洪流，勇敢反抗俄国的暴政与施压，刚毅不屈并以极大的爱国热情谱写下著名的交响诗"芬兰颂"

（Finlandia），让世界都能听到北欧一个小国的声音，被誉为"地球上的芬兰声音"。

赫尔辛基依托港湾，徐徐海风吹响不锈钢组合的管风琴，西贝柳斯的经典音乐作品永远在首都回响，热情召唤着慕名前来的各国宾客。

**参考资料**

1. 大卫·伯奈特·詹姆斯：《西贝柳斯》，江苏人民出版社，1999年9月
2. 袁效贤等：《北欧》，广东地图出版社，2005年1月
3. 支文军等：《北欧建筑散记》，中国电力出版社，2008年10月
4. Finnish Touris Board. Helsinki City Tourist Map，2005年

川岳足迹

## >>> 抵达苏黎世 <<<

  2015年8月25日，在柏林，我专门用了半天时间前往考察瑞士苏黎世的航空和火车的票价与时间，最后决定还是搭乘密集的瑞士航班飞往那里并于次日16：00抵达。苏黎世国际空港位于城市的东北方向，全家出机舱并办理相关手续后，便几次通过滚梯到达设在地下二层的城际列车车站。开往市中心的列车车次很多，先让母女上车，我因搬运行李后的片刻休息而忽略列车开动，未能同行，心急如焚；过了一会儿，立刻登上下一班列车，9分钟就抵达苏黎世中央火车站，但不见她们娘俩，心中更加忧虑：三人护照在我身上，现金保存在老伴的腰包里。苏黎世的车站站台与国内不同，鸦雀无声，十分清静，看不到工作人员；如想找人，只能到问询处拿号排队等候解答，如同国内银行的人满状态。自己着急不容等候，就找值班人员问询，得到的答复是：想快，你就去找police（派出所）；我只好向瑞士民警陈述事发过程，过了一会儿，他们还找了一位能讲点中文的华裔在电话里与我核实情况并让我去预订宾馆等候。我希望打车尽快到达宾馆，但车站外的出租车司机嫌弃路程近而拒载，我只好步行前往；幸好，自己在做出国准备时，根据网上资料几次在纸上绘画宾馆位置草图，加深了印象。于是，在河流东岸走过车站附近的一座小桥向东北方向行进，终于在踏溪街34号（Stampfenbach strasse）找到预订的布里斯托宾馆（Bristol Hotel），刚进宾馆，前台小姐就冲我笑了。因为车站派出所已将事发情况提前告知宾馆，她立刻安排房间并做安慰。夜幕降临，我先外出为她们准备晚餐，但是，附近商家早已关门（德语国家差不多统一17：00停止营业，以达公平竞争），自己只好又跑回车站，在营业时间较长的快餐部买些熟食，再回宾馆。先洗去满身的汗水，休息等候。不多时，一辆出租车把她们娘俩送到宾馆门口，自己喜出望外并致谢司机。原来，她们乘坐了一列过路车，路经中央火车站时没有下车，列车继续南行，沿苏黎世湖东岸南下，到达湖滨终点"深水井（泉）"站（Tiefenrunnen），她们才跟随大家下车。她俩对我说："下车后只见黑压压的一片水域非常害怕；其实，那正好是列车南行，苏黎世湖湖面加宽的结果。"令我感到喜出望外的是，既有警方的认真负责，也有家人用半生不熟的外语呼救，让她们既未掉到井里也未落入湖水，总算全家团聚。奔波一天，三人都睡了一宿好觉，期盼明天的览胜。

## 川岳足迹

苏黎世比邻阿尔卑斯山麓、紧依苏黎世湖畔，注入湖内的利马特河（Limmat）将城市分为东西2区，西岸为老城，古典细致，东岸为简约的新城。我们沿东岸向南漫步，尽情观赏对岸老城的沿河美景：西岸沿河建筑精良，高低错落有序，平面延伸舒展。小犄角两坡（coupled window）和复折屋顶（curb roof）划分天际，立面砖饰多样，摒弃古板。凸窗（bay window）别致，双扇窗（jerkinhead）采光透亮。宅门厚重，面板花刻，主体底部为坚固粗面石砌工程（quarry-faced），坚毅刚强。欧洲常见的砖木混合结构和露明木架墙（Half-timbered wall），棕白两色相间，令东方游客青睐，驻足摄影拍照。

继续南行，可见苏黎世城市标志的双塔大教堂（Grossmunster）蔚为壮观，其历史可以追溯到11世纪末至12世纪初；以后，1519年，瑞士神职人员茨文利（Huldrych Zwingli, 1486—1531）以这里为中心，几乎与马丁·路德（Martin Luther, 1483—1546）同步在瑞士德语区进行宗教改革，就在这座教堂，宣讲工作与信仰。附近建有他的塑像，自己站立前面摄影留念。比邻还有另外两座教堂：圣彼得大教堂（St.Peter Kirche）体现了宗教改革的成果；圣母大教堂（Fraumuster Kirche），可参观欧洲最大的塔楼大钟和夏卡尔（Chagall）彩绘玻璃窗，怀旧本笃会修女院（Benedictine Convent）的皈依与虔诚，3座教堂共同勾勒出苏黎世老城的剪影。

再往前行便是蔚蓝明净的苏黎世湖（Zurichsee），碧波荡漾，豪华游艇穿梭繁忙，歌声乐奏响彻晴空；湖滨景色宜人，市民休闲惬意，依恋清新佳境。湖畔苏黎世歌剧院（Opemhaus），正在上演威尔第的《茶花女》，一票难求。与之成钝角三角形布局的是音乐厅和剧院，可以聆听德奥古典乐派的名曲，观赏萧伯纳和易卜生的剧作。丰富的文化生活让苏黎世跻身于世界文化大都市的行列。

次日旅游我们深有体会：作为瑞士最大城市的苏黎世，拥有强劲的经济实力，她也是国际金融中心。城市早在1877就成立证券交易中心，商业繁荣并现存中世纪古老的行会会馆，26个行会都有自己的会馆和会所；老城的阅兵广场（Paradeplatz），已被各国著名大银行环绕，车水马龙，白领忙碌。傍晚，我们特意从广场北端出发，向著名的步行街行进，游览一条繁华的商业街——"班霍夫大街"（Bahnhofstr），即车站大街，1.4公里长的街巷无愧购物天堂，精品荟萃，国际知名品牌的流行服饰、珠宝、百货琳琅满目，让旅游者流连忘返。

苏黎世的知名度体现在其雄厚的教育事业之中。逗留期间自己沿宾馆附近莱昂哈德大街（Leonhardstrasse，以瑞士数学、自然科学家命名）曾两次试图找寻著名的瑞士联邦理工大学（ETH, Zurich，不同于苏黎世大学），在世界排名中紧跟哈佛、牛津等名校之后，始终位居前十，成为诺贝尔奖得主的摇篮；在离苏当天的清晨4：30，我第三次前往，终于登到位于山丘上的大学主楼，让打扫卫生的工人为自己拍照留影。尽管黎明前光线暗淡成像质量较差，但我仍把它编辑在我的《凭观川陆》一书出版，以见证自己对著名学府的敬仰。

第四日上午，我们要乘火车前往伯尔尼和日内瓦，临别时专门到车站派出所致谢。再见，苏黎世，既有奇遇更有温馨！